(Couver la Couverture)

JAROUSSEAU

LE PASTEUR DU DÉSERT

PAR

EUGÈNE PELLETAN

178 287

PARIS

LIBRAIRIE
GERMER BAILLIÈRE & Cie
8, PLACE DE L'ODÉON

LIBRAIRIE COLAS
26, RUE DAUPHINE
Faubourg Saint-Germain

1877

JAROUSSEAU

LE

PASTEUR DU DÉSERT

DU MÊME AUTEUR :

CHEZ LES MÊMES LIBRAIRES :

La naissance d'une ville. — Royan. 1 vol. in-18.   2 fr.

Coulommiers. — Typographie Albert PONSOT et P. BRODARD.

JAROUSSEAU

LE PASTEUR DU DÉSERT

PAR

EUGÈNE PELLETAN

PARIS

LIBRAIRIE	LIBRAIRIE COLAS
GERMER BAILLIÈRE & Cie	26, RUE DAUPHINE
8, PLACE DE L'ODÉON	*Faubourg Saint-Germain.*

1877

A

ÉLISABETH-ANNE JAROUSSEAU

A la mère bonne et pieuse qui sut aimer entre toutes
et faire le bien.

PREFACE

LES MORTS INCONNUS.

Je n'ai jamais passé à côté d'un cimetière de village, sans être tenté de questionner la mort et de lui demander le secret des diverses générations qui sont venues finir là.

Qu'ont fait ces hommes quand ils étaient debout ? qu'ont-ils pensé, si toutefois ils ont pensé ? Aucune voix ne répond à cette question; le vent souffle à travers les buissons du sentier : la mort garde le silence.

Beaucoup, sans doute, ont ignoré leur âme; pâtres ou laboureurs, ils ont retourné la glèbe ou conduit leurs troupeaux, troupeaux eux-mêmes d'un ordre plus élevé. Mais d'autres aussi, mieux servis par la destinée, ont porté la vie plus haut ; ils ont eu toutes les bonnes pensées ou accompli les fortes œuvres que la Providence des humbles avait mises à leur portée. Maintenant, ils sont couchés là, et aucune trace après eux, pas même une pierre, ne témoigne de leur passage. La vie la plus pleine, si elle a coulé à l'ombre, n'a pas d'épitaphe ; son nom reste en blanc.

Pour peu qu'un homme ait joué un rôle en plein jour, fait du bruit là où l'on fait le plus de bruit, n'importe où, n'importe à quel titre, aussitôt l'histoire prête l'oreille, et voilà un nom de plus noté.

Qu'un héros inédit, au contraire, aussi grand par l'âme qu'on peut l'être ici-bas, fasse le bien modestement, consciencieusement, sans quitter sa vallée, sans attrouper la foule, est-ce que l'histoire le connaîtra ? est-ce qu'elle daignera retourner la tête pour le regarder ? Non, celui-là vit ignoré et meurt comme il a vécu. Son heure venue, il tombe à l'écart. La terre le dévore tout entier, sans que sa vie, prolongée après lui en écho, retentisse dans le souvenir de personne. Il a passé.

L'humanité perd ainsi en chemin la moitié de sa gloire ; elle donne par là trop d'avantage contre elle à l'esprit de scepticisme. Aussi, pour réparer sa négligence et pour payer à l'homme tout ce qui lui est dû, à tous les degrés de l'échelle, nous voudrions, si toutefois nous avions le droit de donner l'exemple, poser enfin la dignité de la gloire sans bruit, de la vertu sur place, jusqu'à présent balayées à l'oubli, comme la paille du chemin, et dire au moindre serviteur, au moindre grand homme anonyme : O toi, qui que tu sois, qui as fait noblement ta besogne à ton poste, dans ta mesure, tu peux dormir en paix : ton œuvre est comptée !

Certes, nous respectons le génie. Mais il est absorbant de sa nature. Il a eu cependant, il a encore mille précurseurs oubliés, mille collaborateurs inconnus. Il faudrait en tenir compte ; on les passe sous silence. Le fleuve coule solitairement, roulant à grands flots l'orgueilleuse nappe de son courant; lui seul se nomme, et il ne nomme pas les nombreux affluents dont il est formé. Il y a là une évidente partialité. On ne doit pas sacrifier le petit au grand, pour lui constituer encore plus de grandeur. A chacun sa part, c'est la loi de justice.

Souvent, en traversant la montagne, nous avons

rencontré une pyramide de pierres sèches élevée au bord d'un précipice : c'était la tombe d'un voyageur.

La tourmente l'avait surpris en chemin et la neige l'avait enveloppé de son tourbillon. Après avoir cherché en vain sa route à travers la nuit de l'avalanche, il avait terminé là son voyage, et la neige avait continué de tomber.

Son corps était resté enseveli, sous ce tertre glacé, jusqu'au printemps. Un rayon de soleil avait alors dispersé cette première sépulture. Un passant avait heurté du pied le cadavre à moitié restitué à la lumière, lui avait creusé un lit de repos, avait roulé une pierre sur la fosse, et un autre passant une pierre encore, jusqu'à ce que, de main en main, la pyramide, toujours exhaussée, eût définitivement perpétué le souvenir de ce mort inconnu.

Et nous aussi, simple passant de la grande route, nous éprouvons, au fond du cœur, le besoin religieux de rouler la pierre de commémoration sur la tombe de ces voyageurs sans nom, battus de la rafale et interceptés, par l'injustice de la destinée, aux sympathies de leur génération. En faisant cela, qu'on nous pardonne cette superstition, nous croyons attirer comme une part d'eux-mêmes et une bénédiction de plus sur la cause sacrée qu'ils ont aimée, que nous servons à leur exemple.

— Dors sous mon toit, disait la femme de Mégare au juste immolé, tu lui porteras bonheur.

L'heure nous semble venue d'écrire à côté de l'histoire officielle, qui désigne seulement tout ce qui est éclatant ou retentissant, une seconde histoire privée, domestique en quelque sorte, qui nomme là et là, d'une colline à l'autre, quiconque dans cette vie a été fort ou méritant, à sa manière, dans sa circonférence d'action, afin que chaque motte de terre, que chaque pierre de foyer, ait désormais une vertu, une gloire en partage, et que partout où l'homme met le pied il marche escorté d'un bon exemple ou d'un bon souvenir.

Nous avons souvent rêvé cette histoire écrite, de droite et de gauche, par le premier Thucydide venu.

Dans chaque contrée et le plus tôt possible on devrait tenir, au jour le jour, les archives de la famille et de la commune, ces deux patries élémentaires de la grande patrie. Aussi, pour payer de notre personne, nous publions l'humble odyssée d'un pasteur du désert à la recherche de la liberté de conscience. Nous garantissons l'authenticité de ce récit. Notre mère nous l'a fait trop souvent au coin du feu, dans notre enfance, pour que nous ayons pu en oublier aucun épisode. Si cependant on mettait en doute la fidélité de notre mémoire, nous pourrions appeler en témoignage plus d'un vieillard qui a connu dans sa jeunesse le héros de cette biographie.

JAROUSSEAU

CHAPITRE Ier

UNE RENCONTRE

Il y aura bientôt un siècle, au temps de la guerre de l'Indépendance, un homme allait, moitié à pied, moitié à cheval, du bourg de Méchez-sur-Gironde au village de Saint-Georges-de-Didonne. Nous disons moitié à pied, moitié à cheval, car bien qu'il fût à pied sur le moment, sa monture le suivait pas à pas, la bride sur le cou, pour lui permettre de varier un exercice par l'autre ; ce qui lui paraissait sans doute une salutaire méthode d'hygiène.

Cette monture était une petite jument limousine, borgne, pommelée, assez chétive d'apparence. Pantomime vivante de son maître, elle répétait, avec une ponctualité télégraphique, chacun de ses mouvements, faisant halte quand il faisait halte, pressant le pas quand il le pressait ; accident rare à la vérité, car il méditait d'habitude en marchant, et sa monture marquait derrière lui, d'un pas rhythmé comme un balancier, la mesure de sa méditation.

C'était un homme encore vert, mais blanchi avant l'âge par la fatigue du corps ou de l'esprit, peut-être des deux à la fois. Il portait le large chapeau rond de Saintonge, une veste de camelot gris, une culotte de même étoffe et une paire de souliers ferrés. Sa figure paisible, empreinte d'une bonhomie rustique, son regard vague, plein de choses intérieures, son front carré et sillonné du haut en bas d'une longue ride perpendiculaire, trahissaient en lui un caractère compliqué d'énergie et de candeur, de résolution et de rêverie.

Chemin faisant, il lisait un livre enveloppé de velours, avec cette espèce de recueillement ou plutôt de somnambulisme particulier au prêtre magnétisé par son bréviaire. De temps à autre, il interrompait sa lecture pour gesticuler et jeter au vent une phrase entrecoupée, comme s'il composait une ode ou un sermon, car il n'y a que le poëte au monde ou le prédicateur, pour rêver tout haut, à travers champs, et entrer en conversation avec les arbres du chemin. Le temps, d'ailleurs, portait à l'inspiration. Le soleil était bas à l'horizon, et un rideau mat de vapeurs semblait assoupir l'atmosphère. On entendait au loin comme le souffle intermittent d'une formidable respiration : c'était le bruit de la mer au repos.

Il était arrivé à cette lisière indécise où la route de Méchez entre dans la dune et disparaît, à chaque coup de vent d'ouest, lorsqu'au détour d'un monticule appelé le *Trier Têtu*, il aperçut un jeune cavalier en vedette, qui semblait interroger, du haut de sa selle, la carte passablement confuse de cette houle de sables mouvants.

Ce jeune homme était évidemment étranger à la contrée. Son costume participait à la fois du militaire et du courtisan. Il portait un uniforme galonné d'argent sur la poitrine, une paire de manchettes et une épée ornée d'un nœud de rubans. Il avait le nez au vent de l'époque, car une époque a son type particulier de figure, et la lèvre, encore à sa première pousse, légèrement recouverte d'une ombre de moustache. La jeunesse en lui commençait à pointer; il paraissait décidé à lui faire honneur.

— Vous arrivez à propos, cria-t-il au rêveur campagnard : voici une heure que je tourne dans cette maudite dune, sans pouvoir parvenir à en retirer le plus léger symptôme de chemin.

A cette brusque interpellation, le lecteur ambulant leva lentement son austère figure cachée sous son chapeau de quaker, et arrêta sur son interlocuteur un regard pénétrant.

— Vous allez à Saint-Georges ?

— Hélas! oui, si jamais un Saint-Georges quelconque a existé sur cette taupinière.

— Chez le pasteur Jarousseau ?

— Vous l'avez dit ; j'ai à lui remettre certain billet de logement.

— Vous êtes sans doute officier?

— De dragons, mon ami. Il paraît que dans ce pays il faut subir un interrogatoire en règle pour avoir un renseignement. Voulez-vous aussi mon passeport?

— De dragons, murmura le campagnard, sans faire autrement attention à la boutade du jeune officier, et un nuage de tristesse assombrit sa physionomie; mais rentrant aussitôt dans son calme habituel, il ajouta d'un ton d'indifférence :

— C'est bien, suivez-moi.

Il laissa retomber sa tête sur son livre et il reprit l'allure paisible de sa lecture.

A ce mot : Suivez-moi, l'officier avait senti le sang lui monter au visage. Il aurait volontiers déchargé sur l'épaule du rustre un coup de plat d'épée : suivez-moi plutôt.

— Mais bah! pensa-t-il en lui-même, puisque je vais faire à deux mille lieues d'ici un cours d'égalité pratique, autant vaut commencer de suite mon éducation.

Il suivit donc d'abord d'un air résigné son silencieux conducteur ; mais au bout d'un instant l'impatience le gagna, d'autant plus que le jour commençait à tomber.

— Mon ami, dit-il, veuillez simplement m'indiquer ma direction ; je saurai bien, après cela, retrouver mon chemin.

— Quand je vous l'indiquerai vous n'en seriez pas plus avancé.

— Pourquoi donc ? croyez-vous que je ne sache pas comprendre un renseignement ?

— Dieu m'en préserve, mais le pasteur que vous cherchez, le voici. Jeune homme, vous faites de bonne heure un vilain métier. Je vous le dis sincèrement, parce que votre figure me revient.

— Comment l'entendez-vous, monsieur le pasteur ?

— Vous venez de le dire : vous êtes officier de dragons.

— Colonel, ne vous déplaise : officier était bon une première fois ; maintenant ce sera colonel. Il y a déjà plus de trois mois que j'ai acheté mon régiment.

— Eh bien, colonel, officier, peu importe, un homme de votre profession ne peut rechercher le pasteur Jarousseau que pour l'arrêter.

— Vous arrêter ! reprit le jeune homme, en partant d'un éclat de rire ; me prenez-vous pour un recors ? Loin de là, mon cher monsieur, je viens vous deman-

der le vivre et le couvert. Je m'embarque demain in-
cognito pour Boston. Je devais remiser au château
de Semussac ; le comte de Senneterre, quelque peu
mon cousin, avait préparé, disait-il, ma chambre à
coucher. Mais il a épousé la nièce du duc d'Uzès ;
son oncle est venu lui demander l'hospitalité à l'improviste ; or le duc en sa qualité de gouverneur de la
province, doit ignorer mon départ ; le comte de Senneterre vous a repassé d'office son droit de parenté :
du reste voici ma lettre d'introduction.

Le pasteur prit la lettre du comte et la mit dans sa
poche sans l'ouvrir.

— Votre parole suffit, dit-il, tout à l'heure j'ai
porté un jugement téméraire, je vous en demande pardon ; je serais heureux de vous recevoir au nom d'un
principe commun, car si je vous ai bien compris,
vous allez mettre votre épée au service de l'Indépendance.

— Mon épée, oui. Que voulez-vous ! la noblesse a
servi assez longtemps la royauté, elle peut bien, pour
varier, servir la république ; je suis gentilhomme,
monsieur, et marquis de Mauroy, pour vous obliger.
L'Europe, en ce moment, est insupportable : on n'y
trouve pas d'occupation. Il ne faut plus parler de
guerre ; le grand Frédéric y a mis bon ordre. Le
monde est condamné au repos. Voilà pourquoi je
pars, si vous tenez à le savoir.

— Vous avez raison de partir, répondit le pasteur.
La liberté vous attend. Heureux qui aura servi
la liberté! celui-là, quoi qu'il arrive, aura bien
vécu.

— Je vous arrête; vous me faites trop d'honneur.
Je passe de l'autre côté, pour entendre une musique
mieux nourrie que celle de l'Opéra. La liberté n'est
pas tout à fait une personne de ma famille. Si j'étais
né autrement, je ne dis pas non, alors peut-être je fe-
rais raison à ma naissance. Vous verrez que nous
commettrons la folie de prendre la Rochelle, disait
autrefois la noblesse. La noblesse prit en effet la Rochelle, et depuis ce temps, la tête d'un gentilhomme
ne pesa pas plus dans la main du pouvoir que la tête
d'un Traitant. Nous sommes là une troupe d'écer-
velés, la fleur du royaume, qui allons candidement,
in partibus infidelium, travailler pour le compte de la
démocratie. Lafayette est parti le premier, Broglie doit
le suivre, ainsi que Lametth, Ségur, Fleury. Lauzun,
je n'en doute pas, voudra être du voyage, et l'émi-
gration continuera, vous verrez, aussi longtemps du
moins qu'elle sera la mode à Versailles. La jeunesse
de la cour, à commencer par la plus belle moitié, a
la tête pleine du vent qu'on appelle l'esprit nouveau.
Tenez, moi qui vous parle, je devais épouser une héritière de bonne maison. Mais mademoiselle a lu la
Nouvelle Héloïse, et au premier mot de mariage,

elle répondit en vraie Romaine qui a mis une mouche
le matin :

— Quand monsieur le marquis aura gagné son
grade de général dans l'armée de l'Indépendance.

Et pour gage de sa promesse, elle a voulu attacher
à la poignée de mon épée le nœud de ruban que voici.
Pour peu que cela dure, nous vivrons bientôt sous la
monarchie du roman.

— Si par roman vous entendez le cœur, je vous
avoue que je verrai sans regret ce changement de règne, et à ce compte, je vous remercie de m'avoir mon-
tré le nœud attaché à votre épée. Voilà le premier ruban qui aura mérité mon estime.

— Vous aimez la politique sentimentale, monsieur
le pasteur ; vous pouvez alors remercier votre bonne
étoile, car partout, aujourd'hui, l'humanité tourne
au sentiment ; on ne parle que de pastorale, de mu-
sette, de pain économique et de philanthropie. On
n'est plus aujourd'hui marquis ou marquise, on est
berger ou bergère. L'époque appelle cela être plus
près de la nature. La reine elle-même a voulu être
bergère à sa façon, c'est-à-dire laitière, et sitôt qu'elle
peut dérober une matinée à la monarchie, elle court,
déguisée en Perrette, le jupon court et le tablier relevé, pétrir de sa main royale le beurre et le fromage.
Mais au milieu de cette bergerie, la révolution marche à pas de loup, et personne ne l'entend ou ne veut

l'entendre venir. Elle vient cependant inconnue à elle-même, et pleine de pensées cachées ; elle fera maison nette du passé, et alors le vent qui soufflera, soufflera si fort, qu'il faudra être trois fois ferme sur soi-même pour rester debout.

I

CHAPITRE II

UN PRESBYTÈRE

Ce mot de révolution, apporté, pour la première fois, dans ce coin ignoré, par un messager de l'aristocratie, étonna le pasteur et entr'ouvrit tout à coup un monde à son esprit. Et cependant le scepticisme de ce jeune militaire qui allait verser son sang uniquement par mode, pour une cause qu'il n'aimait pas, lui paraissait en ce moment une sorte de blasphème, et comme il ne savait pas déguiser sa pensée :

— Jeune homme, dit-il, c'est un mauvais signe du temps, quand le doute est dans le cœur de la jeunesse.

Le marquis de Mauroy garda le silence; sa pensée flottait ailleurs : il regardait en ce moment la poignée de son épée. Le vent frais de la mer le tira de sa rêverie. Il était arrivé sur la plage de Saint-Georges , et il pouvait voir enfin, aux derniers reflets du crépuscule, ce poétique village jeté en désordre sur la dune, au hasard de l'inspiration, au milieu des touffes d'ormeaux et des bouquets de tamaris. Une longue colonne de fumée montait çà et là dans l'air immobile, à travers la verdure.

— J'accepte avec bonheur l'augure de cette fumée, dit le gentilhomme voyageur; je vous avoue que j'ai marché sans débrider de Blaye ici, et qu'après une pareille étape, on professe une certaine admiration pour le souper.

Saint-Georges-de-Didonne est un petit port de mer, assis à l'embouchure de la Gironde, au fond d'une anse fermée au nord par le promontoire de Valière, et au midi par la falaise de Suzac, qui avancent dans la mer comme les deux pointes d'un croissant. Les maisons, presque toutes bâties sur le même échantillon, humbles, basses, écrasées sous leur toit de tuiles, badigeonnées au lait de chaux et décorées d'une treille de muscat plantée sur quatre béquilles, semblent errer à l'aventure, dans les replis de la dune, sans la moindre préoccupation de voirie : on dirait les tentes éparses d'un campement.

Une population tourmentée est venue sans doute en masse et à la même date chercher sur ce coin de terre un refuge contre la persécution. Le plateau de Valière devait être boisé au commencement du siècle dernier, à en juger par les cépées d'yeuses oubliées à la lisière des vignobles. Saint-Georges, enveloppé de tous côtés par les bois de Valière et du Coqua, les forêts de Chenaumoine et de Suzac, échappait en quelque sorte au regard. Aussi, après la révocation de l'édit de Nantes, le protestantisme, ou pour parler la langue du temps, le troupeau dispersé d'Israël, sans cesse refoulé de la pleine terre par la mission bottée, fit halte là, comptant jouir en paix de son Dieu, sur cette grève cachée derrière un rempart de verdure.

C'était un site doux et triste, fait pour prier et pour gémir. La dune, fleurie du printemps à l'automne et embrasée par le soleil du midi, exhalait à la brise un religieux encens d'absinthes et d'immortelles, tandis qu'au loin le chœur éploré des lames roulait dans l'espace, comme un dernier sanglot de l'antique chant de captivité sur le fleuve de Babylone.

Le soleil était couché, depuis un instant, quand le pasteur frappa trois coups à la porte d'une petite maison isolée, ensevelie derrière la dune, à la lisière d'une garenne. A cette interpellation mystérieuse du dehors, un bruit de sabots, régulier comme le pas d'une existence exacte, retentit à l'intérieur sur la dalle d'une cour pavée. La porte roula discrètement sur ses gonds muets, et le marquis vit apparaître sur le seuil une vieille petite femme, bossue et boiteuse, qui portait une lanterne à la main ; à la vue d'un habit galonné, elle laissa tomber sa lumière et poussa un cri de frayeur.

— Madeleine, dit le pasteur, monsieur est un ami inconnu, venu de Paris pour faire honneur à notre foyer. Conduis son cheval à l'écurie ; après cela, tu mettras une javelle au feu et tu prépareras le souper. Entrez, monsieur le marquis, et en attendant l'heure de boire ensemble à votre première victoire, permettez-moi de vous présenter ma famille.

Le pasteur débrida sa monture et lui laissa la liberté de bivouaquer dans la cour, la selle sur le dos, comme une estafette équipée d'avance à tout événement. Il introduisit ensuite le marquis dans une salle du rez-de-chaussée, pièce solennelle de la maison, où une humble ménagère, la figure à moitié cachée sous les longues barbes de la coiffe traditionnelle du pays, filait tranquillement sa quenouille, au milieu d'une pléiade de petites filles mélangées d'un garçon pour la variété, écolières disciplinées de bonne heure au travail, immobiles et droites dans leur chaise, leur tricot à la main et leur peloton de laine sur leurs genoux.

— Femme, dit le pasteur en entrant, bénis le Seigneur : un hôte nous est arrivé ! Lève-toi et souhaite-lui la bienvenue.

La femme du pasteur se leva lentement de son fauteuil, s'inclina devant l'étranger avec la gravité et, pourquoi ne pas le dire ? avec la gaucherie assurément bien pardonnable de la femme forte de la Bible, instruite uniquement à travailler ou à prier, et, la politesse faite, elle se retira sans prononcer une parole pour aller porter à la cuisine le concours de son expérience.

— Voici maintenant mes bâtards, dit le pasteur.

— Comment, vos bâtards ? Je croyais au contraire que dans votre religion...

— Oui, mes bâtards, et qui plus est bâtards par ordonnance, car défense expresse aux époux protestants d'avoir des enfants légitimes. Allons, petits, debout ! venez saluer monsieur le marquis. Jarousseau, tu es l'aîné, tu vas donner l'exemple.

Il est d'usage dans l'Ouest qu'on appelle l'aîné des enfants par le nom de son père plutôt que par son prénom. Jarousseau était un petit garçon de quatorze à quinze ans, blond, vigoureux, l'œil bleu, l'air entreprenant, comme s'il comprenait d'avance qu'il était de cette énergique génération destinée à lutter plus tard contre l'Europe.

Il arriva le front haut et le regard ferme devant le marquis, inclina la tête et enfila rapidement la porte du corridor.

— A toi maintenant, Élisabeth.

Une petite fille, rose comme une fleur de pêcher, sous son béguin de toile écrue et sérieuse comme une première communion, mit tranquillement son tricot dans sa poche de tablier, traversa la chambre les yeux bais-sés, fit une révérence en passant et disparut à son tour.

Le marquis inclina légèrement la tête en la voyant passer.

— Allons, Adélaïde, reprit le pasteur, dis bonjour à monsieur le marquis : le bonjour d'un enfant porte bonheur.

Adélaïde planta son aiguille dans son peloton et fila rapidement devant le marquis en tournant la tête de côté.

Le marquis lui répondit par un profond salut.

— A ton tour, Sophie, continua le pasteur : tu au-rais dû suivre Adélaïde.

Sophie plia le genou devant le marquis et disparut aussitôt dans la coulisse.

Le marquis lui répondit par un salut encore plus profond.

Une petite fille de trois ans, pâle de je ne sais quelle pâleur native, comme si elle avait apporté toute la dou-leur d'une race dans son berceau, restait assise sur un tabouret à regarder de son grand œil extatique l'uni-forme de l'étranger ; puis saisie d'un tremblement ner-veux à la vue d'un habit galonné, elle se leva de sa place avec un mouvement de frayeur et se sauva en criant.

— Celle-ci est Bénigne, dit le pasteur d'un ton ému, la dernière bénédiction envoyée à mon foyer. La pauvre enfant est venue au monde dans une heure d'angoisse. Le jour de sa naisance, les dragons de la côte vinrent pour m'arrêter à domicile, sur un ordre parti de l'intendant de la Rochelle. J'eus à peine le temps de mettre mon corps en sûreté. Ils trouvèrent ma femme dans les douleurs de l'enfantement.

La malheureuse accoucha d'une fille pâle comme une morte, qui depuis lors n'a pu encore retrouver les couleurs de la vie, ni prononcer une parole. Il faut lui pardonner, monsieur le marquis, une impolitesse qui n'est qu'une frayeur; mais pourquoi avez-vous salué ses trois sœurs avec tant de cérémonie ?

— Parce que je saluais en elles les princesses de la famille royale. Vous avez donné leurs noms à vos filles, monsieur Jarousseau.

— Par affection pour notre père commun, qui est le roi, répondit le pasteur, afin de désarmer sa colère à force de l'aimer.

Un quart d'heure après cette conversation, tous les enfants dormaient et on eût entendu une fourmi trotter sur le plancher de la maison.

CHAPITRE III

LA JUMENT MISÈRE

La maison du pasteur était tenue avec l'austérité de la règle calviniste, devenue encore plus austère par la persécution. L'attente continuelle du martyre avait donné de longue date, aux familles protestantes, une âme sérieuse détachée de la terre, et l'avait répandue comme une ombre de tristesse, jusque sur le berceau de l'enfance et la pierre de la demeure.

La demeure était l'existence humaine réduite à sa plus simple expression. Tout ce qui est ailleurs le sourire du regard en était rigoureusement banni. Le marquis regardait donc avec une sorte de surprise la chambre patriarcale où il venait d'entrer. Elle contenait à peine une douzaine de chaises de paille, une paire de fauteuils, une encoignure dans un angle, et à côté, pour faire la symétrie, une pendule suspendue dans une cage de verre au sommet d'une gaîne de noyer.

Le pasteur comprit la pensée du gentilhomme, et lui répondit en lui montrant la muraille nue, recouverte d'un crépis pour toute décoration :

— Ceci est une tente, et nous l'habitons comme des voyageurs d'un jour, qui ne la retrouveront peut-être pas demain.

En disant cela il soupira, et craignant sans doute de trahir sa pensée, il la laissa errer intérieurement dans une sorte de méditation involontaire, distraction habituelle des hommes d'idées.

Pendant qu'il méditait ainsi, Madeleine servit sur une table de sapin un souper sommaire composé d'un plat de maïs, d'une tranche de jambon passée à la poêle, d'un pot de raisiné et d'un morceau de brêche ou de miel en rayon. Toutefois une séculaire bouteille de médoc, cachetée sans doute par la main d'une autre génération, et retirée de l'oubli pour la circonstance, témoignait que la maîtresse de la maison avait voulu pousser, aussi loin que le lui permettait la modestie de sa cave, le devoir de l'hospitalité.

— Après tout, Dieu est bon, reprit le pasteur en sortant de sa rêverie, chaque jour amène son lendemain. Ecartons maintenant toute pensée de tristesse, et rompons le pain du corps dans la paix de l'esprit.

— Le pain, répondit Madeleine, comme subitement

réveillée par cette parole. Il faudrait alors en envoyer chercher à Royan, il n'y a pas, à l'heure qu'il est, un seul morceau de pain blanc dans le village.

— Blanc ou noir, peu importe, répliqua le gentil-homme ; le premier servi sera le meilleur, d'autant mieux que j'ai, pour lui faire raison, un appétit intact de toute la journée.

— Dieu n'abandonne jamais ses enfants dans le désert, répondit le-pasteur en souriant, et je n'en suis pas encore réduit à traiter un hôte au pain de méteil.

En disant ces mots, il ouvrit la fenêtre et donna un coup de sifflet.

— Un hennissement répondit à ce signal, et un instant après, le marquis vit le profil d'une tête avancer dans la chambre par la croisée.

C'était la petite jument limousine errante jour et nuit dans la cour en toute liberté.

Madeleine glissa une taille dans la fonte de la selle, et la jument, pirouettant sur elle-même, disparut dans l'ombre comme une vision. La cadence décroissante de son trot, ce qui était en toute circonstance son maximum de vitesse, retentit encore un instant à l'oreille, et mourut dans le lointain.

— Savez-vous, monsieur le pasteur, s'écria le marquis, que j'aurais en ce moment le droit de me croire en pays de féerie ! Votre jument est sans doute montée par quelque esprit follet.

— Silence, jeune homme, vous ne seriez pas le premier à m'accuser de sorcellerie. Nous vivons encore dans un temps où il serait dangereux à un pauvre suspect comme moi de cumuler le délit de magie avec le crime d'hérésie. Mais laissons cela de côté. Avez-vous remarqué l'étoile blanche qui brille sur le front de Misère ? Il a plu à ma femme de nommer ainsi ma jument. Eh bien ! c'est le doigt de Dieu qui a passé là, soyez-en sûr, et qui a écrit mystérieusement : Il y aura là un esprit.

— De cheval, interrompit le marquis, pour réduire à sa valeur l'enthousiasme brahmanique du pasteur.

— Qu'entendez-vous par là ? L'esprit est partout l'esprit ; seulement il dort ici, et là il veille, voilà toute la différence. J'ai réveillé Misère, et maintenant, à travers le crépuscule éclairci de son cerveau, elle pense à sa manière. Elle fait ma provision à la petite ville voisine ; elle va frapper à la porte du boulanger ; le boulanger remplit son bissac et la renvoie, et elle va et elle vient ainsi continuellement, sans jamais s'oublier ni se perdre en chemin. Laissez-moi donc l'aimer tout haut devant vous, car je ne saurais jamais assez la payer de retour. Elle est pour moi une sympathie de plus sur cette terre, et souvent aussi, dans cette vie d'épreuves, une sentinelle précieuse. Mais ne parlons pas de cela. C'est un secret dont je n'ai pas seul la propriété. Aussi, quand je songe à cet

abîme de tendresse que Dieu a caché là sous les dehors de l'animalité, pour moi, pauvre proscrit, je suis
tenté de m'écrier :

— Sois à jamais bénie, toi qui es venue de l'arrière-
garde de la création prendre part à mon existence.

Là-dessus le pasteur entama une longue disserta-
tion philosophique sur l'éducation des animaux. Il
croyait à la possibilité d'une grammaire commune
entre toutes les créatures. Son hôte avait en ce moment la pensée médiocrement tournée à la métaphy-
sique ; il écoutait à peine d'une oreille. Le pasteur
poursuivait encore sa démonstration d'une âme ré-
partie à chaque créature à dose inégale, lorsque Misère appliqua sa narine fumante à la vitre de la croisée. Elle avait fait une lieue dans l'intervalle d'une
théorie.

— Voici le pain ; à table ! monsieur le marquis,
mais auparavant permettez-moi de faire la prière.

— Faites, monsieur le pasteur, je vais en pays
d'Évangile, et il est bon que je prenne d'avance l'habitude de la maison.

Le pasteur croisa les mains, et levant les yeux au
plafond :

— Seigneur, dit-il, tu as donné le pain aux hommes comme le signe trois fois sacré de leur alliance.
C'est par le pain que tu les as rachetés de la barbarie
et que tu les as conduits à une vie meilleure. C'est par

le pain universel comme toi, que tu as uni les premières aux dernières générations et les dernières générations entre elles ; fais donc que tous le trouvent
également à leur lever et à leur coucher, pour que
tous, rassurés sur leur vie et la vie de leurs enfants,
apprennent à connaître et à bénir ta bonté. Ainsi
soit-il !

Le pasteur et le marquis soupèrent tête à tête en
silence. Celui-ci avait trop d'arriéré à liquider pour
perdre son temps en conversation.

Au dessert, cependant, il parut retrouver la parole.

— Voici, Dieu me pardonne, le meilleur repas que
j'ai fait de ma vie, et je crois maintenant que je pourrai affronter le régime du bivouac.

En disant ces mots, il acheva de vider le pot de
raisiné.

Onze heures venaient de sonner à la pendule avec
cette solennité et cette lenteur d'intonation, qui semblent apporter à l'oreille du fond des siècles quelque
chose de l'éternité.

— Il est temps de dormir, dit le pasteur, et prenant
le flambeau, il conduisit le marquis à sa chambre à
coucher.

Cette chambre était une humble cellule située au
premier étage, c'est-à-dire au grenier, et meublée
seulement d'un lit à colonnes orné d'une serge verte
et garni d'une pyramide de matelas superposés à l'in-

fini, comme pour tenter l'escalade du plafond. Néanmoins, le marquis parvint à accomplir cette espèce
d'ascension laborieuse qui était, dans l'antiquité du
siècle dernier, l'opération du coucher, et comme il
était fatigué de l'étape de la journée, il sentit bientôt
son esprit flotter dans cette voluptueuse défaillance
d'idées qui n'est plus la veille, qui n'est pas encore le
sommeil.

Mais à peine avait-il fermé la paupière qu'un bruit
indéfinissable retentit derrière lui, remontant coup
sur coup, du pied du mur, arriva au niveau de son
chevet, effleura sa tête et remonta encore. Cela ressemblait à un bruit étouffé de marteau ou de pas dans
l'intérieur du moellon. Puis le bruit cessa. Le marquis entendit comme une chute sourde sur le plancher, suivie d'un léger chuchotement. Après quoi le
mot *amen*, prononcé un peu plus haut, résonna dis-
tinctement à ses oreilles. Mais le mur était muet désormais, et la mer seule murmurait au loin, dans le
calme de la nuit, cette plainte infinie qui semble rouler d'un monde à l'autre là douleur mystérieuse de la
nature.

— Décidément, pensa le marquis, ainsi éveillé dans
le premier sommeil, ceci devient suspect, pour ne pas
dire inquiétant.

Et retournant un à un tous les détails de cette
soirée énigmatique et de la conversation encore

plus énigmatique du pasteur, il en tira cette con-
clusion, que le bonhomme Jarousseau pouvait bien
passer, sans trop de calomnie, pour un disciple du
grand arcane adonné à quelque pratique secrète de
magie.

CHAPITRE IV

UNE CACHETTE

Le marquis de Mauroy, comme la noblesse de son temps, était incrédule à la révélation de l'Évangile. Mais pour rétablir l'équilibre du besoin de croire, il était superstitieux à l'occasion. L'esprit de Mesmer d'ailleurs soufflait déjà sur l'Europe et ressuscitait la croyance au merveilleux sous le nom de magnétisme. Le marquis portait en lui la première atteinte de l'épidémie. Il passa donc un instant dans cette terreur vague, moitié crédule, moitié incrédule, véritable lutte de l'imagination contre la raison. Mais le sommeil sceptique par nature à toute apparition un peu trop prolongée, finit par tout concilier, et le jeune homme dormit profondément jusqu'au lendemain matin. La lumière du jour emporta la vision de la nuit comme une vapeur.

PELLETAN   2

Au premier rayon de soleil, il sauta à bas de son
lit, légèrement honteux de sa crédulité, et procéda au
devoir de sa toilette. Lorsqu'il voulut mettre sa cravate, il éprouva une légère difficulté. Il n'avait pas de
glace pour contrôler l'opération. La maison du pasteur ne possédait qu'un miroir ou plutôt qu'un morceau de miroir. Ce débris flottant dans un reste de cadre
mutilé avait été autrefois une glace de Venise : mais
au temps des dragonnades, un soldat ivre, sous prétexte de se battre en duel contre lui-même, avait
déchargé son pistolet au milieu, et il en était résulté
un éclat juste assez grand pour permettre au pasteur
de raser la moitié de sa figure. Une fausse pudeur
avait empêché sa femme de présenter ce tesson de
verre au marquis. Il mit donc sa cravate à l'aventure
et il descendit.

— Comment avez-vous passé la nuit ? lui dit le
pasteur.

— Parfaitement, à cela près, ajouta-t-il en souriant,
que vous avez un revenant dans la maison, car j'ai
entendu son pas dans le mur terminé par un *amen*.
Il paraît que le diable maintenant fait sa prière.

— Le diable, c'est moi, répondit tranquillement le
pasteur, et pour achever ma confession, je puis bien
vous avouer ici, entre nous, que chaque soir je
remonte ainsi dans ma cachette par un escalier pratiqué dans l'épaisseur de la muraille.

— Dans votre cachette? reprit le marquis avec
étonnement. Pourquoi vous cacher? Le comte de
Senneterre m'a désigné votre maison comme la maison de l'homme le plus estimable de la contrée.

— S'il n'y avait en effet que le comte pour barrer
ma route ou pour troubler mon sommeil, je pourrais
sans doute aller à l'air libre et dormir en paix sur
le chevet du juste ; mais il y a encore ici, par malheur,
un homme toujours penché à l'oreille du pouvoir,
pour réclamer l'exécution rigoureuse des édits contre
les protestants. La légalité est du côté de cet homme,
le gouverneur croit devoir me faire de temps à autre
une visite domiciliaire pour la forme, je présume, car
s'il avait tenu à mettre la main sur le corps du délit,
il m'aurait déjà trouvé.

Néanmoins, si on me trouvait, il faudrait bien me
prendre, et si on me prenait, me pendre pour l'exemple. Le texte de la loi à cet égard est formel. J'échappe
ainsi à la corde, et cependant j'ai honte quelquefois
de ma prudence. Je me dis que lorsque tant de martyrs ont versé leur sang pour l'Évangile, je devrais
prendre conseil de leur courage, et au lieu de mettre
chaque soir ma vie à l'abri, attendre de pied ferme le
destin. Mais lorsque reportant mon regard sur tous
les miens de ma grande et de ma petite famille, je
songe à toutes ces chères ou frêles existences dont j'ai
la garde et la responsabilité, je me dis que ce serait

peut-être défier Dieu, que d'aller au-devant de la
mort, et que dans tous les cas, si je me trompe, Dieu
aura lu dans mon cœur, et saura trouver au fond de
sa bonté infinie une miséricorde pour ma faiblesse.

La parole du pasteur était, pour le jeune courtisan
élevé dans l'atmosphère voluptueuse de Versailles,
toute une révélation d'un monde inconnu de souffrances. Le fanatisme survivant, dans la pratique, à la
conviction religieuse lui paraissait un horrible para-
doxe d'État. Tuer les gens parce qu'ils ne croient pas
ce qu'on ne croit pas soi-même, c'est commettre deux
crimes en un seul crime, un crime d'hypocrisie et un
crime de cruauté.

— Monsieur le pasteur, dit le marquis d'un ton
ému, la persécution est évidemment aujourd'hui une
étourderie du pouvoir. Dans un temps où le roi très-
chrétien pousse la tolérance jusqu'à vouloir nommer
un athée archevêque de Paris, il est impossible que
sous ce règne-là, on poursuive un homme comme un
malfaiteur par la raison qu'il prie Dieu en français, et
communie sous deux espèces au lieu de commu-
nier sous une seule espèce. Quant à moi, si humble
encore que soit ma place dans l'État, je veux apprendre à qui de droit la vérité. Malesherbes est mon cousin au seizième degré, on est cousin à l'infini dans
la noblesse. Je lui écrirai, et j'ai la conviction qu'une
fois averti, il mettra sa gloire à déchirer de sa main la

dernière page oubliée par mégarde du code de l'intolérance.

— Je vous crois volontiers ; aussi me suis-je dit
souvent : *Si le roi le savait !* et dans cette.conviction,
je prie pour lui de toute la sincérité de mon âme ;
mais comment le saurait-il ? qui le lui dirait ? quel
est celui de nous qui compte assez pour oser porter
devant lui la parole ? Après tout, Monsieur, je prends
patience. J'ai monté l'âpre sommet de la montagne, et j'aperçois comme une lueur à l'horizon ;
encore un pas du siècle, et la liberté va peut-être
briller.

A cette dernière parole du pasteur, un coup de
canon retentit dans la rade de Saint-Georges et
rebondit d'écho en écho le long de la falaise, comme
si une salve d'artillerie lui répondait de chaque point
de la côte à la fois.

— Voici le signal du départ, dit le marquis. Ce
coup de canon est l'appel du navire américain qui
doit me prendre à son bord et m'emmener où l'on peut
entendre encore la voix du fusil. Mais, bah ! je pars
pour l'autre rive, le cœur plus dispos : je commence
à comprendre la liberté. J'espère vous revoir, monsieur le pasteur, quand j'aurai complété la science
dont j'ai appris le premier mot aujourd'hui. En attendant, je vous laissé mon cheval en otage, à défaut du
maître, vous ferez son éducation. Je serais heureux, à

2.

mon retour, de rentrer à Versailles, marquis républicain, sur un cheval savant.

Le jeune volontaire de la liberté serra la main du
pasteur et gagna rapidement la grève en sifflant un
air d'opéra.

— Vraiment, pensait-il en s'éloignant, la sensibi-
lité est plus contagieuse que je ne croyais ; la parole
de ce bonhomme aurait fini par me gagner.

Le pasteur accompagna son hôte jusqu'au port,
pour le saluer du geste une dernière fois. Un instant
après, le navire appareillait, et poussé au large par
une forte brise de terre, il disparaissait derrière la
pointe du Médoc. Le pasteur suivait encore de la
pensée la voile évanouie à l'horizon.

Le soir de ce même jour, le pilote de Saint-Georges,
qui avait mis en mer le navire américain, apporta au
pasteur, de la part du marquis de Mauroy, une lettre
de recommandation pour Malesherbes. Mais que pouvait faire de cette lettre un pauvre cénobite inconnu,
à la distance surtout où il était de Paris ? L'envoyer ?
Mais un ministre, même un ministre philosophe,
daignerait-il répondre à un malheureux prédicant de
village ? Le pasteur remercia intérieurement le marquis de son attention et jeta la lettre au fond d'un
tiroir.

CHAPITRE V

LE LIVRE DE VIE

Jarousseau, Jean de son prénom, était originaire de la paroisse de Mainxe, en Angoumois ; il était fils d'Isaac Jarousseau et de Jeanne Raby, petit-fils de Samuel Jarousseau, et arrière-petit-fils de Benjamin, tous les deux ministres du saint Évangile et morts à la tâche du Seigneur ; quand le père sentait approcher son heure il appelait le fils à son chevet et lui impo-sait les mains pour appeler sur lui les grâces du Saint-Esprit.

Le 21 septembre 1761, Jean Jarousseau vint exer-cer les fonctions de pasteur du désert à Saint-Georges-de-Didonne, non que le pays fût précisément un dé-sert, mais parce qu'en ce temps-là le protestantisme devait aller chercher ses temples en plein vent, au milieu des landes et des loups.

Le droit de prêcher est aujourd'hui, grâce à Dieu, un droit comme un autre consacré par la loi, quelquefois même inscrit au budget, mais au siècle dernier le prône était le bagne ou la potence en expectative et plus souvent la potence que la chiourme.

Jean Jarousseau avait compté sur l'une et l'autre hypothèse. Aussi le jour même où il enseigna pour la première fois l'évangile à ciel ouvert, il avait fait son testament plutôt comme un acte de foi que par toute autre raison, car il n'avait que son exemple et tout au plus sa défroque à léguer.

Depuis lors, il faisait régulièrement chaque soir son examen, et il mettait sa conscience en ordre à tout événement. Après cette préparation intérieure à l'imprévu, il posait la tête sur l'oreiller et attendait, d'un cœur tranquille, ce qu'il appelait la visite du Seigneur.

C'était un homme lettré, si l'on veut, en se sens qu'il avait fait sa théologie à la faculté de Lausanne, théologie au pas de course, il faut bien l'avouer, un peu de dogme, un peu d'histoire sacrée, et finalement un peu de musique pour psalmodier en mesure. La provision était légère, assurément, mais l'heure pressait, et il fallait gagner le temps de vitesse.

La tribu de Lévi, comme on disait alors, était plus vite décimée que recrutée. La faculté de Lausanne avait à préparer au martyre plutôt qu'à la controverse.

L'étude de l'hébreu aussi bien que du latin était évidemment une superfétation pour apprendre à mourir. Le cœur suffisait. Sous ce rapport, le pasteur Jarousseau était le meilleur théologien de la Faculté.

Avant de partir pour la Suisse, il possédait un modeste patrimoine composé d'un vignoble et d'une maisonnette; l'intendant de la généralité de la Rochelle fit arracher la vigne et abattre la maison, sous prétexte qu'un voyage à la frontière était un crime d'État.

— Job aurait encore envié mon sort, dit Jarousseau en apprenant cette nouvelle.

Pour lui, la Bible était une réponse à tout , et avec la Bible , quelque chose qui pût lui arriver il avait toujours une consolation écrite d'avance.

Jarousseau n'emporta de l'héritage paternel que deux choses, d'abord une montre d'argent, précieuse relique de l'enfance de l'horlogerie; cette montre était pour lui toute sa famille, il aurait eu le droit de dire sa dynastie. Elle avait marqué l'heure à son père et au père de son père, et toutes les fois qu'il la regardait il sentait descendre en lui cette pensée :

— Sois digne de tes aïeux.

Il avait emporté encore un petit volume relié en parchemin et fermé avec un cordon ; la moitié des pages était écrite à la main, l'autre moitié restée en blanc semblait attendre la parole d'une autre génération. Le pasteur appelait ce manuscrit *le livre de vie* parce que son père et son grand-père y avaient noté au jour le jour les événements de leur foyer, et les drames de l'église; lorsque l'un deux avait senti sa main sécher sur la feuille, il avait repassé la plume à l'autre et le feuillet de la pieuse chronique sans cesse rempli, sans cesse tourné, racontait d'année en année l'histoire douloureuse de l'église *sous la croix*, comme on disait alors; la première page contenait le passage suivant :

« Cejourd'hui 28 juillet , il avait plu au Seigneur, « par une bonté et miséricorde admirable, de redres- « ser les enseignes de la vérité évangélique au pays « de France, pour recueillir ce qui était égaré en sa « bergerie. Maintenant le Seigneur retire sa droite de « son église. On a placardé cette ordonnance du roi « sur la porte du temple de Jarnac :

« *Nous voulons et il nous plaît que nos sujets de* « *la religion prétendue réformée ayant atteint l'âge* « *de sept ans embrassent la religion catholique,* « *apostolique et romaine, sans que leurs père et mère* « *y puissent donner le moindre empêchement.* »

« En vertu de cette ordonnance, les soldats sont en- « trés hier aux logis. Ils ont mis leurs chevaux dans « la salle à manger. Ils portaient une croix au bout de « leur mousqueton, et lorsque nous refusions de la

« baiser, ils nous frappaient à coups de plat d'épée. Ce
« matin ils sont venus dans notre chambre à coucher ;
« notre bien-aimée Esther , qui est entrée dans sa
« seizième année, faisait sa prière. Les bourreaux l'ont
« traînée par les cheveux et jetée sur la selle d'un dra-
« gon. Le dragon est parti au galop ; il emporte notre
« enfant au couvent. Notre cœur est brisé jusqu'à la
« mort, Seigneur ! »

A partir de ce cri de douleur, le manuscrit changeait d'écriture; une vie humaine avait disparu entre
deux lignes ; une autre main avait repris le récit.

« Cejourd'hui 3o octobre, le coup de grâce est porté.
« Le véritable Évangile est chassé de France par un
« nouvel édit. Mes frères en Christ m'ont offert un re-
« fuge dans le margraviat de Brandebourg, mais je
« veux rester au milieu de mon troupeau. Une voix
« me crie de me lever pour lui porter le pain de con-
« solation. Me voici, Seigneur, je suis debout. Aujour-
« d'hui le subdélégué de Cognac est venu me chercher
« à la tête d'une bande d'hommes armés. Il a voulu
« forcer notre femme bien-aimée Jeanne Barjeau à lui
« confesser le lieu de ma retraite, et comme elle gar-
« dait le silence , il lui a mis les pieds sur la flamme
« et les a laissés lentement brûler, jusqu'à ce que la
« servante du Christ ait rendu le dernier soupir. Des

« mains pieuses l'ont portée la nuit dans le jardin et
« l'ont ensevelie au bord de l'étang. Tu me l'avais
« donnée, Seigneur ; tu me l'as retirée. Que ton nom
« soit béni ! »

Ici encore le manuscrit changeait d'écriture : la
persécution avait emporté l'historien à moitié page de
son récit.

« Cejourd'hui 4 septembre, il plut au Seigneur de
« reprendre son apôtre. A quatre heures de l'après-
« midi, Isaac a reçu le martyre. En marchant au sup-
« plice, il chantait le psaume : La voici, l'heureuse
« journée ! Avant de mourir, il voulut une dernière
« fois témoigner à haute voix de l'Évangile, mais le
« prévôt de la maréchaussée donna l'ordre aux tam-
« bours de battre pour étouffer sa parole. Alors, Isaac
« fit sa prière au bas de l'échelle, et monta ensuite
« d'un pas ferme à l'échafaud. Le bourreau a jeté son
« cadavre à la populace, et la populace l'a traîné sur
« la claie à la voirie. Le saint homme m'a légué le
« fardeau des âmes ; j'essayerai de le porter avec la
« même foi pour mériter la même récompense. »

Cette dernière page était écrite de la main de Jean ;
et il y avait ajouté sous forme d'invocation :

O mon père, attends-moi là-haut et prépare-moi
une place à ton côté.

CHAPITRE VI

L'ÉGLISE SOUS LA CROIX

Jean Jarousseau avait vécu à Lausanne, comme il avait pu et comme personne assurément n'aurait pu vivre à sa place, au hasard, au jour le jour, sur le fonds commun de la Providence, et ce fonds-là est singulièrement ébréché depuis longtemps. Le matin, à l'heure de la rosée, il allait sur le bord du lac ramasser un plat d'escargots, il le faisait cuire sur la braise, et il déjeunait là-dessus. Le dîner était presque la plupart du temps compris dans le déjeuner.

Après avoir achevé son cours de théologie, il revint en Saintonge à pied, par des chemins perdus, à travers les montagnes, soupant le plus souvent d'une croûte due à la munificence d'un chevrier et couchant dans son manteau à la belle étoile. Quand le pain venait à manquer, il chantait un psaume pour combler le déficit, et comme il tenait un compte exact de sa vie, il écrivait sur son journal :

Aujourd'hui j'ai soupé d'un verset.

Il traversa ainsi les montagne des Cévennes, et reçut en les passant, de Paul Rabaut, l'imposition des mains et le titre de proposant. Le grade de proposant était le vicariat du saint ministère, le temps d'épreuve obligatoire pour constater la vocation. Il suivit en cette qualité le pasteur Gibert dans ses périlleuses tournées de la Seudre à la Gironde. Il assista pour son coup d'essai à ce prêche tragique de *la Combe à la bataille*, dans la forêt de Valleret, où plusieurs femmes furent passées au fil de l'épée. Ce fut là, et non au village d'Antouan, comme on l'a dit depuis, que Gibert périt d'une balle dans la poitrine.

Jean Jarousseau conquit son titre de pasteur sur le sang encore fumant de l'héroïque martyr, et à partir de ce moment il alla nuit et jour monté sur un bidet prêté, son évangile dans une poche et son psautier dans l'autre, évangélisant et baptisant partout à la ronde, sans plus songer que par le passé à ce créancier impitoyable appelé le lendemain.

Il suivait à la lettre le précepte de l'Écriture. Quand il avait faim, il frappait à la porte d'un fidèle :

— Que la bénédiction du Seigneur soit sur ta maison !

Et il demandait l'hospitalité. Si la porte lui était

fermée, il secouait la poussière de ses pieds et il allait frapper ailleurs. On lui reprochait une fois le mépris de l'existence, et on lui offrait une légère prébende.

— Je ne veux pas ôter à Dieu, répondit-il, une seule occasion de me témoigner sa toute-puissance; la manne ne tombe que dans le désert.

La manne tomba en effet dans le désert du pasteur, sous la forme d'une orpheline qui lui apporta en dot une métairie à Chenaumoine, une vache laitière, la maison et la garenne de Saint-Georges-de-Didonne. C'était à peu près le pain quotidien, à condition toutefois de mesurer la ration. Le jour où le pasteur posséda par contrat inédit, car il n'avait pas le droit de passer un contrat de mariage, un bout de luzerne planté de trois pommiers, devenu implicitement sa propriété, il laissa échapper ce cri de joie :

— Enfin, je pourrai donc faire l'aumône !

La propriété ne lui paraissait bonne qu'à donner, et pour son début, il usa si largement du privilége qu'avant peu de temps la métairie de Chenaumoine et la vache laitière auraient fini par y passer. Mais par bonheur sa femme semblait avoir été créée pour être la sagesse pratique du pasteur et l'huile de la lampe; elle avait au suprême degré la science de l'économie, bien autrement méritoire que l'économie par besoin forcé; elle administra sa maison d'une main si stricte, avec une prévoyance si mathématique, que l'année put toujours rejoindre sans encombre l'année suivante.

Comment le pasteur était-il parvenu à épouser cette pieuse ménagère, providence visible de son foyer? Eh! mon Dieu! comme il faisait toute chose en ce monde, par un coup d'inspiration. Il avait bien pensé qu'un pasteur doit se marier pour donner l'exemple.

— Je n'ai pas de famille, disait-il en lui-même, il me manque une vertu.

— Il avait beau mettre toutefois la main sur son cœur, il n'y trouvait de préférence pour aucune brebis de son troupeau. Il pria donc le Seigneur de lui choisir une compagne, et il attendit le passage d'une autre Rachel sur son chemin.

Mais au milieu de sa prière il lui venait un scrupule. Avait-il bien le droit d'associer une jeune fille aux dangers de son ministère et de la condamner à prendre le voile de veuve le lendemain de son mariage?

— Qui a des enfants donne des otages à la fortune, a dit un ancien.

Le jour où son regard tomberait sur un berceau ne sentirait-il pas la chair faiblir? lorsqu'ensuite viendrait le jour d'épreuve, serait-il toujours le même homme? Le père ne ferait-il pas tort en lui à l'apôtre? aurait-il encore le courage de mourir, le moindre de tous? Et après tout qu'est-ce que la mort? mais le courage de persévérer sur un banc de galère?

Cette femme qui pleure, cet enfant qui sourit, lui laisseraient-ils à l'heure de la crise toute sa tranquillité d'esprit. Cette pensée l'inquiétait et le détournait de l'ambition du mariage. Et cependant il le tenait pour le commandement de Dieu, et l'accomplissement d'une vie de chrétien.

Mais le mariage n'était pour lui que l'amour sanctifié, et jusqu'à présent il n'avait pas eu le temps d'aimer; et encore aimer était la moindre chose, il fallait aussi se faire aimer; c'était là provisoirement un problème au-dessus de sa portée, il laissait à la grâce de Dieu le soin de le résoudre.

Il prolongeait ainsi son célibat d'une année à l'autre, mais quand il imposait les mains à deux fiancés pour les unir devant Dieu, il sentait bien remonter en lui le vague sentiment qu'il lui manquait quelque chose. Il étouffait au plus vite cette pensée.

— Mon heure n'est pas venue, disait-il.

Elle devait venir cependant, mais cinq ans après son arrivée à Saint-Georges.

Il habitait, en attendant, une maisonnette composée d'une seule pièce au rez-de-chaussée, une poutre à peine équarrie à la hache soutenait la toiture; cette chambre avait été autrefois parquetée avec de la banche, mais la marne avait disparu en partie sous les sabots. Le parquet n'offrait plus qu'une série de trous au regard; une lucarne ouverte à huit pieds du sol

concentrait sa lumière autour d'une petite table dressée
sur son pliant contre la muraille. C'est sous ce jour
d'en haut que le pasteur prenait ses repas, et qu'il
écrivait ses sermons. Une cheminée à hauteur
d'homme occupait le fond de la pièce avec une cré-
maillère oisive laissée toujours au même cran, et une
douille de fer enfoncée dans le chambranle pour porter une chandelle de résine.

A côté de la douille la salière obligatoire avec son
couvercle en talus représentait le régime fiscal de
l'ancien régime. Un trou carré pratiqué dans l'épaisseur du mur et fermé par un panneau de chêne avait
dû contenir autrefois l'épargne du laboureur à bœufs,
car on distinguait alors le laboureur à bœufs, du laboureur à bras ; le premier personnifiait à l'égard du
second l'aristocratie de la charrue. Le pasteur qui
n'avait aucune économie à cacher dans ce trou y avait
serré son *livre de vie* qui n'était au fond qu'un martyrologe.

Un dressoir aux trois quarts vermoulu portait sur
les premières tablettes, une demi-douzaine d'assiettes
ébréchées, et sur les trois autres rayons la bibliothèque passablement laconique du pasteur. Le catalogue
eût tenu en deux lignes, si jamais il lui eût pris fantaisie de le dresser. Saurin, Jurieu, Bourdaloue, Mas-
sillon, Abbadie, formaient à peu près le luxe de lecture
que le pasteur croyait pouvoir permettre à son esprit.

Il disait à la vérité, pour excuser la modicité de sa bibliothèque, qu'on pouvait relire indéfiniment le même livre et le trouver toujours nouveau. Il y a dans un livre, pensait-il, autant de livres qu'il y a de moments de lecture et de dispositions d'esprit du lecteur.

Le soubassement du dressoir en saillie sur les étagères formait une armoire ornée d'une porte à deux battants. C'était là que Jarousseau mettait sa modeste garde-robe de rechange, et surtout la pièce la plus compromettante de son vestiaire, sa robe de pasteur. Enfin un lit à quenouilles enveloppé de loques d'étamine couleur olive complétaient avec trois chaises de paille le mobilier plus que succinct de l'apôtre de Saint-Georges-de-Didonne.

CHAPITRE VII

UN MARIAGE AU DÉSERT

Madeleine venait, tous les matins, faire le ménage du pasteur, elle lui apportait une jatte de lait pour le déjeuner, et pour le dîner un fromage de bique ou un artichaut à la poivrade, quelquefois, pour varier, une sardine que le pasteur mangeait crue par raison d'économie. La mâsure qui lui servait d'habitation appartenait à une orpheline appelée Anne Lavocat ; il l'avait louée au prix de cinquante livres par an, payables à la Saint-Michel. La première fois que le pasteur voulut acquitter son loyer :

— C'est payé, lui dit Anne Lavocat.

Le pasteur avait quelque raison de douter de sa mémoire, bien que le fait lui parût étrange, il passa condamnation et il remporta son argent, mais l'année suivante il avait mis sa mémoire en règle : et quand

Anne Lavocat lui affirma encore qu'il avait déjà payé :

— Pourquoi mentez-vous? lui dit-il sévèrement.

Et il déposa sur la table le montant de deux années de loyer.

Anne Lavocat sentit passer dans tout son corps une sorte de tremblement nerveux.

— Oh, monsieur Jarousseau, que vous m'avez fait de mal sans vous en douter.

Elle prit les cent francs et courut les jeter dans le tronc des pauvres au temple de Didonne.

Anne Lavocat habitait une des maisons somptueuses du village, juste en face de la bicoque du pasteur, l'orpheline pouvait avoir à cette époque de vingt-trois à vingt-quatre ans : elle jouissait d'une certaine réputation de beauté, qui tenait peut-être plus à la fraîcheur du teint qu'au type de la figure ; un riche bourgeois de Coze l'avait demandée en mariage, mais à sa première proposition elle répondit par un refus si formel qu'il découragea le prétendant d'une nouvelle ouverture.

Le pasteur sortait régulièrement chaque jour sur le coup de midi pour aller voir ses malades et il avait toujours soin en partant de fermer à double tour la porte de son logis, de peur qu'un passant hostile ne jetât un regard indiscret sur son registre de l'état civil ; il allait ordinairement après sa visite pastorale faire une promenade sur la lisière des marais de Chenau-

3.

moine et ne rentrait à la maison que pour dîner quelquefois avant, quelquefois après le coucher du soleil;
un quart d'heure suffisait à l'opération.

Un soir en rentrant il trouva une nappe blanche
sur la table et une assiette de fraises, couvertes d'une
feuille de figuier; la nappe était chose inconnue dans
son ménage et l'assiette de fraises une superfluité d'autant plus répréhensible qu'elle était en contradiction
flagrante avec son régime d'hygiène. Le pasteur accusa
Madeleine de cette contravention.

— Cette pauvre fille a perdu la tête, dit-il.

Et il alla porter l'assiette de fraises à un pauvre
paralytique du voisinage.

Quand Madeleine reprit le lendemain son service
quotidien, le pasteur lui montra la table du doigt.

— Pourquoi cette nappe? lui dit-il.

Madeleine le regarda d'un air étonné.

— Il faut que mon maître ait perdu la tête, pensa-
t-elle à son tour.

— Je n'en sais rien, répondit-elle.

— Ce n'est pas toi qui l'as mise là?

— Non.

— Ni l'assiette de fraises?

— Non plus.

— Alors j'aurai oublié de fermer ma porte en sortant.

Et à partir de ce jour il la fermait avec soin et il
constatait qu'elle était bien fermée.

Mais à quelque temps, au retour de la promenade, il découvrait sur une tablette du dressoir un vase de Hollande dont il ignorait l'existence et dans ce vase un bouquet de roses des quatre saisons ; il éprouva un mouvement d'impatience, il arracha les roses du vase et les jeta dans la cheminée.

Ce bouquet lui paraissait un blasphème en ce moment de deuil, un outrage à la désolation de l'église.

Il était clair qu'une personne trop charitable avait trouvé le moyen de forcer l'entrée de sa maison ; il ne pouvait la deviner, il résolut de la surprendre. Il sortit comme les jours précédents à l'heure réglementaire, mais il rentra aussitôt par une porte de derrière, et il attendit la venue de l'hôte mystérieux qui avait osé accomplir à deux reprises une violation de domicile.

Une clé tourna une première fois dans la serrure, puis une seconde, et le pasteur vit entrer Anne Lavocat qui apportait une jonchée. Lorsqu'elle aperçut le pasteur debout devant elle, elle jeta un cri et laissa tomber son assiette. Le pasteur avait eu à peine le temps de la reconnaître qu'elle avait déjà disparu. Elle avait gardé une double clé de la maison qu'elle avait louée pour avoir le droit de commettre à l'occasion un abus de confiance.

Un dimanche soir le pasteur traversait la garenne ; il rencontra une jeune fille assise au pied d'un chêne, la Bible ouverte sur ses genoux et sa figure penchée sur la sainte Écriture; elle était immobile et comme anéantie dans la parole du Dieu vivant, de temps à autre sa tête éprouvait une légère secousse comme pour livrer passage à un sanglot.

L'apôtre reconnut Anne Lavocat.

— Qu'avez-vous? lui dit-il.

Elle releva son visage éploré.

— Je souffre, répondit-elle.

— De quoi, mon enfant ?

— De voir qu'un homme qui nous a apporté le bon Dieu, vit en quelque sorte à l'abandon.

Le pasteur sourit.

— Ce qui fait votre tristesse fait au contraire la joie de mon existence.

— Que n'êtes-vous malade, répliqua-t-elle d'une voix étouffée ! j'aurais peut-être le droit de vous soigner.

Puis, craignant d'avoir mal dit, elle rougit, cacha la tête dans ses deux mains, et pleura de nouveau.

A la vue de cette douleur ingénue, le pasteur ressentit pour la première fois ce coup de foudre du cœur, nommez-le comme vous voudrez, qui retentit jusque dans la dernière fibre et change instantanément toute une existence.

— Voici l'heure, murmura-t-il avec une pieuse émotion. Le Seigneur a parlé par la bouche de cette enfant.

Il réfléchit une minute.

— Dis-moi, ma fille, si celui-là que Dieu aurait choisi pour être à toi-même autant que toi-même venait à errer pour sa foi à travers la lande, par la pluie et le vent, sans une pierre où reposer sa tête, que ferais-tu?

— Je le suivrais.

— Et si un jour, après une longue absence, tu le voyais revenir, porté sur un brancard, une balle dans le flanc, que ferais-tu ?

Anne Lavocat pâlit.

— Pleurerais-tu sur lui et sur toi, comme le patriarche à la vue de la robe ensanglantée de Joseph ? pèse bien ta réponse.

— Je mettrais la main sur son cœur, et s'il battait encore, je dirais : Dieu soit loué ! et je laverais sa blessure.

— Et si tu apprenais qu'un jour on l'a fait monter sur un échafaud, et que là, en présence de la foule assemblée et au milieu d'un roulement de tambours pour étouffer le bruit de sa prière, un homme lui a passé au cou la corde encore toute chaude de l'agonie d'un assassin ?

Une larme brilla dans les yeux d'Anne Lavocat.

— Je tomberais à genoux, je prierais Dieu d'étendre sur moi la grâce du serviteur mort pour lui, puis je regarderais le ciel et j'attendrais.

— Anne Lavocat, reprit le pasteur, tu as dit le mot de mon cœur, et je vois à ta parole que tu m'es envoyée aujourd'hui par Celui qui mesure le vent à la brebis tondue. Veux-tu être pour moi ce que Rachel fut pour Jacob ?

La jeune fille regarda le pasteur, cet homme béni entre tous pour elle, avec une expression indicible de surprise et de candeur.

— Que dites-vous là, monsieur ? Je ne suis pas digne de vous attacher votre manteau. Mais si jamais vous daignez m'appeler à être votre servante, je suis prête à vous accompagner jusqu'au tombeau.

— Va, ma fille, ce qui a été dit est dit. Tu prieras et tu veilleras pendant quatorze jours et quatorze nuits pour bien t'interroger et bien te comprendre toi-même ; j'en ferai autant de mon côté ; le quinzième jour j'irai te voir ; après cela si tu mets ta main dans la mienne, tout sera accompli entre nous : tu marcheras désormais dans ma destinée.

Le quinzième jour, en effet, le pasteur alla trouver sa fiancée ; elle lui mit la main dans la main.

— C'est bien, dit le pasteur ; demain tu amèneras tes deux témoins sur la dune qui couronne la garenne ; j'amènerai les miens de mon côté et en leur présence et devant Dieu, le témoin des témoins, nous prononcerons la parole qui unit l'homme à la femme et la femme à l'homme pour l'éternité.

Jarousseau choisit pour témoin Élie Gauthier et Jean Fradin ; Anne Lavocat choisit, de son côté,

Pierre Aurieau et Jacques Ardouin. Le pasteur déposa sur un bloc de pierre, autel improvisé, une coupe remplie de vin et le pain rompu sur un plat d'étain.

Puis il ouvrit la Bible, et la main sur la page sacrée il dit gravement :

— Anne Lavocat, veux-tu être la femme de Jean Jarousseau ?

— Oui, répondit la jeune fille d'une voix résolue.

— A mon tour, je me donne à toi dès à présent et à jamais. Et tendant le pain à sa fiancée, il ajouta :

— Prends, ceci est mon corps.

Elle rompit le pain de la cène, elle en prit un morceau et offrit l'autre au pasteur.

Il lui présenta ensuite la coupe de vin et il dit :

— Prends encore, ceci est mon sang.

Elle but la première le vin de la communion ; elle repassa ensuite la coupe à son mari ; il posa la lèvre à la place encore humide où la lèvre de la jeune fille venait de frémir. Il sentit son cœur remonter dans ce baiser mystique et sa première larme d'amour tomba, mêlée au sang du Christ, au fond du calice.

Puis, prenant d'une main la main de sa fiancée, et levant l'autre au ciel :

— Isaac Jarousseau, dit-il, mon père qui est là-haut dans la paix du juste, je te présente ma femme, bénis-la et bénis ton fils, verse le mérite de ton martyre sur leur tête et sur la tête de ceux qui seront un jour tes autres enfants.

Ce fut ainsi que le pasteur Jarousseau épousa Anne Lavocat, au mois de juin, à l'entrée de la nuit, sur la dune parfumée d'immortelles et d'absinthes marines, sous l'étoile religieuse, parole errante du Dieu vivant, loin du bruit et du pas des hommes, en présence seulement de l'immensité et de l'éternité penchées sur l'autel nuptial, dans le majestueux silence de leur mystère, tandis que la vague recueillie et assoupie en elle-même exhalait à voix basse, sur la grève, l'hymne de l'infini.

CHAPITRE VIII

HISTOIRE D'UN CHAPEAU

Dieu bénit ce mariage. Chaque année, pendant six années consécutives, Anne Lovocat donna régulièrement un enfant à son mari. Elle sevrait l'un pour allaiter l'autre; elle les nourrit à la file du même lait, sans laisser à son sein le temps de tarir. Elle éleva tout cela sur son petit revenu, sobrement, disciplinairement, dans la crainte du Seigneur et la pratique de la vie à bon marché.

Un œuf à la coque faisait le repas des aînés. Chaque enfant allait y tremper, à tour de rôle, sa mouillette. Pendant l'été, une cerise remplaçait l'œuf en commun. La mère en frottait le pain de chacun, et la légère teinte rose ainsi répandue à la surface lui donnait suffisamment un air de décence. Procédé d'autant plus ingénieux qu'il ménageait la ressource du pain sec pour l'infliger au besoin en punition.

Le pasteur donnait le premier l'exemple de cette sobriété féroce poussée jusqu'au défi à la nature. Sa famille a conservé et montre encore l'écuelle où il prenait son lait chaque matin. Cette écuelle contient à peine une roquille. C'était là tout son déjeuner. Il pensait qu'on doit toujours sortir de table avec un excédant de faim pour peu qu'on tienne à vivre long-temps. Ce système d'hygiène plus ou moins problé-matique lui avait cependant réussi à l'application.

A l'âge de vingt ans, lorsqu'il était encore à Lau-sanne, il faillit mourir d'une maladie de poitrine. Le doyen de la Faculté crut devoir appeler à consulta-tion je ne sais plus quel illustre médecin de Genève.

— A quoi bon ? dit le jeune homme : si le Seigneur a jeté un regard sur moi, je vivrai ; sinon, mes heures sont comptées.

Le médecin déclara le malade authentiquement poi-trinaire, et le condamna à l'air du Midi, c'est-à-dire à la mort à bref délai. Le pasteur Jarousseau mourut en effet de la poitrine à quatre-vingt-dix ans.

Cette confiance illimitée à une assistance surnatu-relle et cette habitude de vivre par miracle avaient singulièrement développé en lui la doctrine de Calvin sur la grâce et sur la prédestination. Toutes les fois qu'il avait une épreuve à traverser, il disait : *Dieu est bon*, et il passait. Ce *Dieu est bon* cachait un sens aussi profondément fataliste que le *Dieu est grand* de l'Arabe; seulement il y avait, du Dieu bon au Dieu grand, toute la différence de l'Évangile au Coran.

Avec cette conviction que tout était prévu et accompli d'avance, il marchait droit son chemin, sans jamais céder à aucune considération de prudence humaine, tranchons le mot, de timidité. Quand il avait dit : Telle chose sera, cette parole était pour lui un destin. Ce qu'il avait voulu une fois, il le voulait toujours, quand même eût-il dû, pour le réaliser, tenter l'impossible, et cela naturellement, simplement, sans effort comme sans orgueil. Il était trempé pour le danger. Le danger était l'air de son esprit. Personne n'a mieux compris et mieux pratiqué que lui le bonheur de la persécution.

Il avait d'ailleurs une merveilleuse faculté de distraction pour échapper à l'étreinte de la réalité. La vie intérieure était chez lui si intense qu'il pouvait à volonté supprimer le monde visible. Il descendait en lui-même et restait là fermé à la nature entière. Il appelait cela vivre en Dieu et goûter d'avance la vie future. On raconte que saint Bernard suivit, tout un jour, le bord du lac de Genève et demanda le soir où était le lac, tant il marchait profondément enseveli dans sa méditation. Le pasteur Jarousseau avait au même degré que saint Bernard le don de ne pas voir:

Il partait quelquefois le matin pour faire une promenade en attendant le déjeuner, et il allait d'idée en idée, le long de la grève, et de contemplation en contemplation, jusqu'à la fin de la journée, sans s'apercevoir un instant que son ombre avait changé de côté et que le soleil était passé du levant au couchant. Il avait si bien rompu son corps au jeûne forcé et si bien dompté la faim, cette horloge de la nature, qu'il perdait aisément à la poursuite d'une vérité ou d'une théorie la notion du temps et de l'espace.

Il pensait que l'homme était un esclave, et le besoin son tyran. Partant de ce principe, il cherchait toujours à briser la chaîne de son esclavage et à réduire le besoin à sa plus simple expression. Il usait son vestiaire jusqu'au dernier lambeau et ne changeait d'habit qu'à la dernière extrémité. Ce mépris systématique de la toilette fut le seul défaut du pasteur, et, pourquoi ne pas le dire aussi? le seul nuage, à un jour donné, de son ménage.

Il possédait, à l'époque de son mariage, un chapeau déjà émérite, qui, à force d'aller au prône, c'est-à-dire à la pluie et au soleil, avait fini par prendre une teinte de feuille d'automne. Or, la femme du pasteur avait l'orgueil de son mari. Même sous la règle rigide du calvinisme on est toujours femme par un côté. Elle poussa donc vivement à la réforme du chapeau, et voulant la fin, elle voulut le moyen. Elle trancha donc sur la nourriture, sur le combustible, et de toutes ces épargnes, lentement, longuement accumulées, elle parvint à réaliser un louis et le donna au pasteur pour faire son emplette.

Le pasteur partit pour la foire de Saujon avec l'intention sérieuse d'affecter religieusement la somme au crédit assigné. Mais en route il rencontra la femme du forgeron Bonnin, protestant renégat passé au catholicisme, ou, comme on le disait dans le camp de la réforme, à Bélial. Son mari était malade, son enfant était mourant, et elle allait d'un lit à l'autre depuis une semaine sans avoir même à leur offrir un pot de tisane. La malheureuse pleurait le long du chemin de n'avoir pu trouver aucun secours auprès des siens, parce que tous, restés fermes dans leur foi, l'accusaient d'apostasie.

— Tu arrives à propos, lui dit le pasteur. Je suis en fonds aujourd'hui ; et il lui glissa le louis dans la poche de son tablier.

Il revint à la maison le cœur plus joyeux, car il n'avait jamais tant donné d'un coup, mais aussi le chapeau plus effondré que jamais, car il pleuvait à verse. Sa femme poussa un cri de désespoir en le voyant revenir.

— Tais-toi, répondit-il, j'ai fait ce que je devais faire. Aurais-tu mieux aimé me voir un remords sur la tête ?

Et il lui raconta ce qu'il intitulait sa bonne fortune.

La femme du pasteur, trompée une première fois dans son espérance, remit donc la main à l'œuvre, avec un nouveau courage et avec un nouveau génie de privations. Au bout d'une année elle avait refait à grand'peine le prix d'un chapeau. Le pasteur partit de nouveau pour Saujon. Il n'y avait plus à craindre cette fois aucun obstacle. Bonnin était guéri, le chapeau était acheté.

Hélas ! la destinée encore en avait décidé autrement. Au moment où le pasteur touchait au champ de foire, il aperçut une jument attelée à un chariot, mourante de fatigue et tombée sous le brancard au bord d'un fossé. Son maître, marchand nomade venu du fond du Limousin, l'assommait à coups de bâton pour la faire relever, mais la pauvre bête, immobile sur l'herbe, rendait déjà le dernier soupir. Un long ruisseau de larmes qui coulait de son œil à moitié fermé était l'unique signe de vie qu'elle donnait encore.

— Mon ami, dit le pasteur, pourquoi frappes-tu ainsi ton cheval ? Ne vois-tu pas qu'il va mourir ?

— Pour l'aider à en avoir plus tôt fini, répondit le marchand.

Et il redoublait de coups de bâton.

— Veux-tu me vendre ta bête ? reprit doucement le pasteur.

Le marchand lui lança un regard de travers.

— Monsieur sans doute veut plaisanter ?

— Non, mon ami, je parle sérieusement.

— Combien voulez-vous la payer ?

— Un louis.

Le marchand accepta le marché sans discussion. Il avait calculé que la peau de sa bête valait à peine une pistole au prix courant.

Il détela sa jument.

— Là voici, dit-il au pasteur ; emmenez-la si vous pouvez. Je vous la livre sans garantie.

Lorsque, le lendemain, Anne Lavocat vit revenir son mari de la foire de Saujon traînant derrière lui une véritable carcasse de cheval, et que, faisant un retour sur l'année écoulée, elle pensa que tout ce qu'elle avait pris sur sa faim et sur son sommeil avait passé là, dans cette bête maigre comme la vache de l'Écriture, et bonne tout au plus à jeter à la voirie, elle tomba dans un tel accès de découragement qu'elle osa douter du bon sens de son mari. Il faut avouer que l'emplette, à première vue, était assez minable et harassée au point de pouvoir à peine rester debout.

Et cependant, avec l'aide du temps et du champ de luzerne, la malheureuse jument borgne, ramassée mourante sur le chemin, abandonnée, maudite, devint bientôt une monture passable, et de progrès en progrès une personne de la famille appelée Misère, comme nous l'avons vu, en souvenir de

son origine, âme dévouée , intelligence de premier
ordre dans son espèce. Le pasteur lui avait sauvé la
vie, et par un vague instinct de ce bienfait, elle voulut
le payer de reconnaissance. Elle chercha en toute circonstance à le comprendre, elle le comprit, elle le suivit, elle le veilla partout. Le pasteur développa consciencieusement cette riche nature trompée de moule
sans doute et égarée là par hasard. Et chaque fois
qu'il mettait une idée nouvelle dans la tête de son
élève , celle-ci lui rendait cette idée en nouveau service.

Depuis lors le pasteur jetait , de temps à autre , un
regard sur son chapeau et disait en souriant :

— Voilà un chapeau qui m'a été remboursé au centuple.

Et il porta désormais son chapeau, trois fois vété-
ran, avec un sentiment de fierté.

CHAPITRE IX

LE MARÉCHAL DE SENNETERRE

Lorsque le pasteur Jarousseau vint exercer son ministère en Saintonge, le protestantisme commençait à
respirer, non qu'on eût déchiré un seul paragraphe du
code de la persécution : on y retrouvait toujours cette
profusion d'édits qui n'avaient réussi qu'à prouver une
fois de plus la faiblesse de la violence ; on ne songeait
pas à les abroger, on les laissait sommeiller ; l'intolérance avait lassé les persécuteurs plus vite que les victimes.

La persécution n'était plus ce qu'elle avait été autrefois : implacable, méthodique, administrative, et
militaire à la fois ; elle était intermittente, capricieuse,
ce qui ne l'empêchait pas d'être toujours menaçante,
car après de longs moments d'apathie, elle se réveillait
à l'improviste pour frapper un coup d'autant plus terrible qu'il était imprévu.

Il y avait à Versailles un ministre qui mettait son amour-propre à effacer du sol jusqu'au souvenir du calvinisme. C'était le comte de Saint-Florentin, depuis duc de la Vrillière, un courtisan accompli renommé pour sa galanterie ; de temps à autre il galvanisait l'ardeur éteinte des intendants et, au sortir du petit lever de Mme de Pompadour, il leur donnait l'ordre de réprimer le *brigandage,* c'était son mot, des mariages et des baptêmes au désert.

Alors la troupe faisait une battue dans la campagne. Quand elle avait surpris un prédicant en flagrant délit, le malheureux ne faisait que passer de la geôle sur la sellette, et vingt-quatre heures après, pieds nus, tête nue, en chemise, la hart au col, avec un double écriteau dans le dos et sur la poitrine : *ministre de la religion prétendue réformée*, il allait faire une première station sous le porche de la principale église de la paroisse. Là une torche de cire jaune du poids de six livres à la main, il devait se mettre à genoux pour faire amende honorable, et demander pardon à Dieu, au roi et à la justice, de ses crimes et méfaits ; après quoi il montait au gibet, puis son corps flottait au vent, et le lendemain le bourreau le traînait sur la claie à la voirie.

A ces moments de crise ou plutôt de recrudescence de persécution on pouvait voir passer le long des chemins de longues files gémissantes de religionnaires et parmi eux des enfants de huit ans traînés au bagne, le bâton haut, la chaîne au pied, entre deux rangs de fusiliers. Une fois assis sur le banc des galères, ils y restaient toute leur vie, car la chiourme était la mort à brève échéance ; on n'y vivait pas plus de trois ans en moyenne. Le bagne n'étant pas fait pour les femmes, on les envoyait ailleurs.

Il y avait au fond des marais d'Aigues-Mortes, une tour solitaire, sombre, muette, ouverte seulement par le sommet à la pluie. Qui pouvait habiter cette tour de mystère, gardée jour et nuit par une sentinelle ?

On disait vaguement qu'un certain nombre de femmes, surprises au désert, avaient passé autrefois le seuil de cette prison, après avoir été fouettées et rasées. Les vieillards racontaient même qu'ils avaient vu des jeunes filles, du premier âge, parmi les victimes. Mais les prisonnières étaient-elles mortes ou vivantes ? Aucune voix ne pouvait percer la pierre de la muraille.

Seulement, de temps à autre, il sortait de là un cercueil, voilà tout ce qu'on savait. L'Europe protestante apprit un jour l'existence de ce charnier. Le grand Frédéric demanda la grâce des malheureuses condamnées au supplice de ces gémonies. Cette grâce lui fut refusée.

Longtemps après — combien moururent dans l'intervalle! — le maréchal de Beauveau, nommé commandant de la province, voulut voir cette prison d'État. Il en fit ouvrir le guichet.

Ce qui se passa alors dans son âme, Dieu seul pourrait le dire; car en voyant des choses humaines qui n'ont plus de nom dans aucune langue, cet homme de fer, trempé au feu, n'eut plus la force de parler aux ombres dressées devant lui, il ne put que leur faire signe de sortir.

Elles virent enfin la lumière du soleil, mais à peine eurent-elles jeté un regard effaré sur la campagne, qu'elles tombèrent aux genoux du maréchal et le prièrent de les rejeter sur la paille de leur cachot.

Elles n'avaient plus de famille, une porte où frapper. Quelques-unes étaient enfermées depuis soixante ans au fond de ce tombeau. Il fallut qu'au premier moment le prince de Beauveau les nourrît sur sa cassette.

Le duc de la Vrillière lui ordonna depuis de réintégrer les victimes dans leur prison.

Il répondit :

— J'ai fait murer l'infâme cachot, et personne au monde ne le rouvrira tant que je commanderai dans la province.

Cependant l'esprit de tolérance prêché par l'école de l'Encyclopédie pénétrait déjà partout, à la cour, dans l'armée, dans la magistrature elle-même qui commençait à comprendre que la conscience échappait au bourreau. Après le supplice de Calas qui fut le dernier coup de queue du requin sur le pont, comme disait Voltaire, il y eut en France pour le protestantisme une sorte de trêve de Dieu ou pour mieux dire de détente.

Le maréchal de Senneterre, marquis de Pisani et baron de Didonne, gouvernait alors la Saintonge. C'était un vieillard aveugle, âgé de près de quatre-vingts ans, qui faisait tous les soirs sa partie de piquet et reconnaissait parfaitement les cartes au toucher. Malgré sa cécité il avait l'âme en équilibre, ce qui suppose un grain de philosophie.

Né en 1685, déjà colonel en 1705, il avait fait la guerre en Flandre sous Villars, en Italie sous Vendôme, en Espagne sous Berwick, en Allemagne sous Bellisle, et véritablement gagné son bâton de maréchal à la pointe de l'épée. Il avait résidé quelque temps à Turin en qualité d'ambassadeur, il avait donc beau-coup vu, beaucoup voyagé, et beaucoup appris par conséquent, et contracté, dans l'étude comparée des hommes et des mœurs, cette largeur de pensée, cette indulgence de jugement qui est une des vertus de l'esprit.

Il avait épousé une demoiselle de Saint-Pierre qui lui avait apporté en dot une partie de l'île de la Guadeloupe. Après la mort de sa femme, il avait fait reconstruire dans la Champagne de Cozes le château de Semussac dont il ne reste plus guère aujourd'hui

que les communs. Il l'avait meublé magnifiquement
et il y vivait en philosophe désabusé des grandeurs
qui n'aspire qu'au repos.

Sitôt qu'il apprit l'arrivée du pasteur il le fit venir
à son château et, le tutoyant du premier mot avec la
familiarité du grand seigneur:

— Comment te nommes-tu ?

— Jarousseau.

— D'où viens-tu ?

— De Lausanne.

— Hein ! fit le maréchal. J'ai cette oreille malade;
je n'ai pas entendu. Passe de l'autre côté.

Le pasteur passa de l'autre côté et répéta sa réponse.

— Je me suis trompé, répondit le maréchal, ce n'est
pas cette oreille-ci qui est la bonne, c'est décidément
l'autre ; mais n'importe, tu viens de quelque part, tu
n'as à Saint-Georges aucun parent?

— Aucun, monseigneur.

— Ni aucun ami.

— Peut-être.

— Pourquoi, peut-être ?

— Parce qu'on peut avoir un ami sans le savoir.

— Tu n'es pas venu ici pour recueillir un héritage?

— Non, si par héritage on entend un bien de la
terre.

— Ni pour labourer ?

— Non, monseigneur.

— Ni pour cultiver.

— Pas davantage.

— Que viens-tu faire alors ?

— Tout cela, monsieur le maréchal.

— Comment tout cela ?

— Oui, labourer le champ et cultiver la vigne du Seigneur.

— En bon français tu viens prêcher ; tu sais que c'est un métier défendu par les édits.

— Mais ordonné par le Tout-Puissant.

— Pourrais-tu me montrer ta patente ?

Jarousseau mit la main sur son cœur :

— La voilà, monseigneur.

— Parlons sérieusement. Lavrillière m'a signalé ta présence à Saint-Georges ; je devais la connaître pour l'acquit de ma charge ; mais il me plaît maintenant de l'ignorer. Puisque tu tiens absolument à posséder un troupeau, mène-le paître, où il te plaira, l'herbe que tu voudras, pourvu que ce ne soit pas en public et sur le grand chemin. Mais pas de scandale, entends-tu bien ? je ne le souffrirais pas ; quand un des vôtres aura un enfant, il le mènera baptiser au curé, et quand il mariera sa fille, il la mariera à l'église. Et si jamais je dois te rechercher, j'aurai toujours soin de ne pas te trouver ; mais il faudra aussi m'aider de ton côté.

— Monseigneur voudrait-il dans cette hypothèse me tracer une ligne de conduite ?

— Que diable, mon garçon, je ne puis t'indiquer moi-même le moyen d'échapper à ma justice ; fais-toi une retraite dans ta maison ou ailleurs, peu m'importe, cela ne me regarde pas, pourvu que tu sois caché ; seulement, toutes les fois que je donnerai l'ordre de t'arrêter, je ferai battre le tambour à l'entrée du village.

Et congédiant le pasteur d'un geste de commandement, il ajouta :

— Va, dit-il, ceci est mon dernier mot : J'entends maintenir la discipline dans la province aussi exactement que dans mon armée, mais je n'entends pas non plus servir de recors à Lavrillière ; n'a-t-il pas eu l'impertinence de m'envoyer l'autre jour un sous-lieutenant du Royal-Berry me porter une lettre de cachet ? — Lisez-la vous-même, dis-je à l'officier.

La lettre contenait l'ordre d'arrêter le porteur séance tenante et de l'expédier à l'Ile-de-Rhé sous bonne escorte.

— Vous vous appelez Pierre Buffière ? lui dis-je.

L'officier releva la tête avec fierté.

— Oui, de mon nom de guerre, mais de mon vrai nom, je m'appelle Mirabeau.

Savez-vous le crime qu'avait commis ce pauvre diable ? il avait voulu épouser la fille d'un archer.

— Monsieur Pierre Buffière ? lui dis-je.

— Comte Mirabeau, reprit-il ; on m'ôte mes droits,
je reprends mes titres.

— Je ne veux pas vous infliger l'humiliation d'une
escorte, vous vous rendrez à l'Ile-de-Rhé sur parole.

— Quand c'est votre bonté qui parle, c'est pour
moi plus qu'un ordre, c'est une obligation de conscience, et puisque monsieur le gouverneur est en veine
d'indulgence veut-il me permettre une réflexion ?

— Parlez.

— Voici la première lettre de cachet que j'aie à
subir.

— Et la dernière, il faut l'espérer.

— Je l'ignore, mais ce que je sais ou plutôt ce que
je sens, c'est que le dernier soleil de ce siècle-ci ne
sera pas couché sans que la dernière lettre de cachet
ne soit déchirée dans la main de la royauté.

— Et quel sera le sujet assez hardi pour la déchirer ?

— Moi, peut-être.

Voilà ce que ce jeune fou m'a répondu ; au lieu de
l'expédier à l'Ile de Rhé j'aurais dû l'envoyer à Cha-
renton. Adieu, monsieur Jarousseau ; vous avez bien
retenu mon dernier mot, n'est-ce pas ?

CHAPITRE X

LE PRÊCHE EN MER

Le pasteur comprit que le dernier mot du maréchal était un permis implicite de prêcher l'Évangile. Restait, il est vrai, la question du baptême et du mariage à l'église. La difficulté était prévue et résolue depuis longtemps.

Le clergé tenait avant la révolution, comme chacun sait, les registres de l'état civil. Lorsqu'un enfant naissait dans une famille protestante, le père le portait d'abord à la paroisse, où le curé administrait le baptême et rédigeait l'acte de naissance ; mais de la paroisse, il le reportait aussitôt à la maison du pasteur, qui, sur le baptême encore frais de l'Église romaine, en versait un second : de sorte que la jeune âme, à son premier vagissement, passait en un quart d'heure, avec une goutte d'eau, du catholicisme au protestan-

tisme. Quant au mariage, la question était insoluble ;
il fallait aller à confesse pour épouser à l'église ;
le protestant aimait mieux épouser au désert, dût-il
avoir de par la loi des enfants bâtards. Enfin lorsqu'un
protestant venait à décéder, la famille l'enterrait dans
son jardin ou dans le jardin d'un parent.

Jusqu'à l'époque de son mariage, le pasteur Jarousseau n'avait pris aucune précaution contre
l'éventualité d'une visite domiciliaire ; son modeste
presbytère, d'ailleurs, ne lui offrait aucun endroit où
il pût en cas d'invasion trouver un refuge. Dieu est
bon, disait-il ; il saura bien me protéger, et s'il m'abandonne, c'est qu'il n'aura plus besoin de son serviteur.
Un jour même qu'il entendit le tambour à l'entrée du
village il prit tranquillement sa canne et alla au devant de la force armée ; sa témérité le sauva d'une
arrestation certaine. L'officier qui commandait le
détachement ne put croire en le voyant venir à sa
rencontre que c'était l'homme qu'il cherchait : il le
laissa passer, mais lorsque le pasteur eut abandonné
son premier gîte pour habiter la maison d'Anne Lavocat il reconnut que sa vie ne lui appartenait plus à lui
seul, qu'elle appartenait aussi à sa femme.

— La prudence n'est pas la lâcheté, lui disait-elle,
et de son autorité privée elle avait fait pratiquer
une cachette assez habilement dissimulée pour mettre
en défaut le flair le plus exercé d'un agent de police.

Le pasteur pouvait donc évangéliser à peu près librement sous la protection tacite du maréchal de Senneterre, à la condition d'y mettre de la retenue et de respecter la lettre du traité contracté à mi-mot avec le maréchal. Tous les dimanches le pasteur prêchait en plein air, quand le temps le permettait, et à la fin du prône il donnait rendez-vous à son troupeau pour le dimanche suivant, ici ou là, dans un trou de falaise, au coin d'un bois, temple d'autant plus saint qu'il représentait ce qu'il y a de plus près du Christ : une idée persécutée.

Les fidèles accouraient à la réunion de six lieues à la ronde, par des sentiers écartés, les hommes armés de longs bâtons ferrés, les femmes cachées sous leur cape gauloise. Ils remettaient en arrivant aux anciens de l'Église leur merreau, signe de reconnaissance entre eux, et prenaient place en silence, à côté les uns des autres, tête nue, les mains appuyées sur leurs bâtons.

A ce moment le pasteur, monté sur un tertre à défaut de chaire, ou adossé à un arbre éploré, penché sur lui du haut de je ne sais combien de siècles d'existence, commençait le service divin en lisant et en commentant un chapitre de l'Évangile.

Pendant qu'il parlait, Misère, postée en sentinelle avancée sur la hauteur voisine, immobile et l'oreille dressée, regardait l'horizon, flairait l'atmosphère, et, au moindre bruit suspect, au moindre uniforme errant dans le lointain, descendait de son poste et donnait le signal de la retraite.

Lorsque la troupe battait l'estrade et que le pasteur Jarousseau jugeait le prêche en terre ferme impossible pour un dimanche ; ce dimanche-là, de bonne heure, avant le lever du jour, trois ou quatre chaloupes pontées de pilotes, sortaient mystérieusement du port de Saint-Georges, filaient à toutes voiles en pleine mer, jusqu'à ce qu'elles eussent perdu la vue de la côte ; alors elles laissaient arriver bord à bord ; les écoutilles sautaient, les fidèles cachés à fond de cale montaient sur le pont, et là, debout sur l'habitacle de la barque du milieu, perdu dans l'immensité de l'horizon vide, la tête nue, le pasteur entonnait un psaume et faisait un sermon. Il trempait ensuite sa main dans un seau d'eau de mer et baptisait les enfants nouveau-nés, pour les initier d'avance, par ce baptême d'amertume, à une vie d'épreuves.

C'était le prêche en pleine mer. La voûte du temple était la voûte du ciel, le temple était l'infini. Le parvis était une planche flottante sur le gouffre, et agitée à la houle, image saisissante de l'Église sous la croix, sans repos et sans patrie. On était là loin de l'homme, en présence de Dieu seul, comme au jour du jugement dernier.

A la tombée de la nuit, les chaloupes regagnaient

isolément le port de Saint-Georges, pour dérouter les soupçons. Bien souvent, lorsqu'un navire breton entrait en rivière, l'homme de quart assis à la barre du gouvernail entendait au loin, à travers l'obscurité, des chants graves et tristes de voix d'hommes et de femmes, et croyant sans doute que les voix montaient du fond de la mer, faisait le signe de croix pour conjurer les spectres de l'abîme.

Cependant, si bien gardé que fût le secret de ce culte tantôt célébré en mer, tantôt sur la dune, la prédication nomade du pasteur Jarousseau transpirait au dehors. Il y avait alors à Saint-Georges un récollet nommé Labole ; c'était un petit homme maigre, la tête ronde, le nez effilé, l'œil gris, le front chauve et bosselé, comme s'il avait été repoussé à coups de marteau. Fanatique de bonne foi, espèce de saint égaré dans un siècle d'incrédulité, il vivait seul, tête à tête avec son crucifix, pratiquant toutes les austérités d'un frère du moyen âge. L'évêque de Saintes avait cru devoir envoyer à Saint-Georges, alors le foyer le plus ardent du calvinisme dans toute la province, un prêtre irréprochable et inexorable, qui ne discutât pas avec l'hérésie, mais qui la signalât en toute occasion à la rigueur des ordonnances ; il avait choisi le récollet.

Lors de son arrivée, le pasteur alla lui rendre visite, pour donner l'exemple de la conciliation.

Le récollet le reçut debout.

— Que venez-vous faire ici ? que peut-il y avoir entre nous de commun ?

— La charité.

— Il n'y a pas de charité pour l'erreur.

Et il rentra au presbytère.

Le récollet Labole croyait le salut du monde et son propre salut attachés à l'extinction du protestantisme. Il y travaillait consciencieusement. Chaque fois qu'il avait connaissance d'une assemblée dans le désert, il regardait comme un devoir de conscience d'en avertir l'évêque de Saintes ; l'évêque transmettait l'avis au duc de Lavrillière, et le crime d'État revenait au château de Semussac avec injonction de sévir.

Au bas de l'avis, le maréchal de Senneterre écrivait plaisamment, en sa qualité d'aveugle :

— Je n'ai rien vu.

Et il retournait la dénonciation ainsi annotée au ministère.

Quand on le pressait trop vivement, il envoyait un bataillon tambour battant faire une visite domiciliaire chez le pasteur ; le pasteur, averti par le bruit du tambour, remontait dans sa cachette et laissait passer l'orage.

La duchesse de Crussol habitait le château de Semussac depuis le mariage de sa fille avec le comte de

Senneterre, fils aîné du maréchal; de temps à autre elle entreprenait le maréchal sur ce qu'elle appelait une débauche de tolérance.

— Madame, lui répondait le gouverneur, je vais avoir bientôt quatre-vingt-six ans, je crois en Dieu, je ne veux pas paraître devant lui une tache de sang sur les mains. Quand on offense le Seigneur, je ne peux reconnaître d'autre juge que le Seigneur lui-même.

Or, un jour que le pasteur était allé trouver le maréchal pour lui demander la grâce d'un malheureux bouvier qui avait salé son pain avec de l'eau de mer :

— Jarousseau, lui dit le maréchal, je suis content de toi, tu es un homme de parole. Je remarque avec plaisir que depuis que tu es au pays il y a moins de maraude et de contrebande; voyons, que pourrai-je faire pour reconnaître ce service ?

— Me permettre de bâtir une grange.

— Pour ton troupeau, n'est-ce pas?

— Puisque monseigneur m'a deviné, je rétablis la vérité : pour bâtir un temple.

— Tu aurais dû le bâtir sans en demander la permission; je ne peux te la donner.

— C'est que je voudrais pouvoir le bâtir sur votre terrain.

— Sur mon terrain, et pourquoi ?

— Parce qu'une fois là on n'osera pas le démolir.

— L'idée est ingénieuse, mais je ne peux y consentir.

— Et quel est ce terrain?

— Le bord de la Frênière.

— L'endroit est bien choisi, ta grange sera cachée.

— Complétement, monseigneur.

— Eh bien, fais ce que tu voudras.

Et comme Jarousseau le remerciait :

— Ne me remercie pas, je n'ai rien permis, rien, absolument rien; et si tu dis le contraire, je te ferai pendre comme faux témoin.

CHAPITRE XI

LE FORGERON BONNIN

La châtellenie de Didonne était, à l'époque de la féodalité, une puissante seigneurie. Il est probable qu'elle commandait avec Talmont la navigation de la Gironde; la mer battait la falaise aujourd'hui à peu près effacée qui portait le donjon des anciens barons. Le marais de Chenaumoine était alors une anse où la mer déferlait à l'heure de la marée, mais le courant du fleuve, en rejetant sans cesse le sable sur la plage comme le déversoir d'une charrue, avait amoncelé une digue à l'entrée de l'anse. Ce qui était autrefois une rade ne fut plus qu'un étang; l'eau saumâtre usurpa la place de l'eau salée et l'eau douce de l'eau saumâtre.

La flore aquatique, la plus intrigante et la plus af-fairée de toutes, prit aussitôt possession de ce nouveau

champ d'expériences, et avec l'activité, la patience d'une
végétation qui revient sans cesse à la charge et ne
meurt chaque année que pour puiser dans son propre
fumier une recrudescence d'énergie, elle déposa lentement sous l'eau un plafond de tourbe qui souleva
peu à peu le niveau du marais au-dessus de la mer.

Le maréchal de Senneterre fit creuser un canal et
déversa dans la Gironde le trop-plein de l'étang. Ce
qui n'avait été jusqu'alors qu'une forêt vierge de joncs
ou de roseaux habitée seulement par les sangsues et
les tortues, devint une prairie à peu près solide où, à
la rigueur, le bétail pouvait brouter.

Il y avait, à l'entrée du marais, entre Didonne et le
canal, un petit bois qu'on appelait la Frênière. Les
frênes entremêlés de blancs de Hollande, les uns et
les autres plantés dans un sol neuf, avaient poussé
avec une sorte d'emportement. Un fouillis de plantes
échevelées, de ronces, de clématites, montaient le long
des troncs à l'assaut de la lumière. La Frênière ainsi
barricadée par un inextricable treillis de lianes, servait de volière à tous les oiseaux de passage. Ils y
trouvaient plus de sécurité pour leur couvée.

Ce fut à la lisière de ce fourré, que le pasteur fit
bâtir au milieu d'un massif de sureaux séculaires une
véritable grange portée sur quatre piliers de bois et
couverte de lattes qui laissaient voir à travers leurs
joints les tuiles de la toiture. Seulement, à la place

de la crèche il y avait une chaire, au pied de la chaire
la table de la cène, et de chaque côté de la table un
banc pour les anciens. Le 18 mai 1770, le pasteur bénit
ce temple et l'inaugura par une première communion
pour le mettre en quelque sorte sous la protection de
l'innocence. Les sureaux étaient en fleurs ainsi que les
aubépines; les assistants respiraient dans leurs parfums
comme une promesse printanière d'une nouvelle floraison de leur croyance. Ils chantaient un cantique
d'actions de grâce à mi-voix, de peur d'éveiller l'attention des passants, et les chants des fauvettes accompagnaient comme autant d'orgues aériennes les pieuses
mélodies des premières communiantes.

Il n'y avait personne dans l'assistance qui ne crût
que cette fête religieuse où la nature elle-même faisait
sa partie, n'eût désarmé la colère du temps et assuré
sur ce petit coin de terre des jours meilleurs au protestantisme. Mais, l'année suivante, le maréchal de Sen-
netère mourait; le duc d'Uzès lui succéda au gouver-
nement de la Saintonge. C'était un homme du Languedoc, né au pied des Cévennes, élevé dès son enfance
dans l'esprit de Basville. Le protestantisme était moins
pour lui une erreur de dogme qu'une révolte; on ne
lui devait que ce qu'on doit à un rebelle : la preuve du
crime et ensuite la potence.

Le duc d'Uzès donna l'ordre de fermer le temple de
Didonne; il avait voulu d'abord le faire raser, mais,

sur la réclamation de son neveu, le comte de Senne-
tère, il voulut bien surseoir à l'exécution que le maréchal de Richelieu avait adressée le 16 février 1764 aux
officiers qui commandaient des corps détachés dans le
Languedoc. On peut la résumer en un seul article :
ordre de surprendre les assemblées et de tirer sur les
fuyards.

Lorsque le pasteur lut cette instruction à la porte
du temple :

— Mon pauvre troupeau ! dit-il.

Il continua sa route ; et, à un pas plus loin :

— Ma pauvre femme ! ajouta-t-il à voix basse.

Il se reprocha aussitôt cette exclamation comme
une faiblesse. Mais à trois pas plus loin :

— Mes pauvres enfants ! murmura-t-il en lui-
même.

Il sentit une larme monter du fond de son cœur.

— Après tout Dieu est bon, reprit-il.

A quelque temps de là il reçut un soir la visite du
forgeron Bonnin.

— Monsieur Jarousseau, je vous rapporte l'argent
que vous m'avez prêté.

— Que je t'ai prêté ? répond le pasteur d'un air incrédule, je n'en ai pas le moindre souvenir.

— Pardon ; vous avez donné un louis à ma femme ;
il nous a porté bonheur : depuis ce temps la forge a
prospéré.

5.

— Puisque ce louis porte bonheur tu le rendras au premier malheureux qui en aura besoin.

A ce moment une femme entra chez le pasteur ; elle paraissait pleurer.

— Monsieur le pasteur, dit-elle, mon enfant est mourant.

— Il faut aller chercher un médecin, répondit le pasteur. Je vais envoyer ma jument au docteur Brochot.

— Mais dans l'intervalle le pauvre petit pourra rendre le dernier soupir et il ne faut pas qu'il aille devant le bon Dieu sans avoir reçu le baptême.

Pendant ce temps-là, Bonnin examinait cette mère éplorée.

— Elle ne pleure pas franchement, murmura-t-il en lui-même.

— D'où venez-vous? lui dit-il.

— De Chaillevette.

— Connaissez-vous monsieur Pougnard?

— Oui.

— Pourquoi ne lui avez-vous pas présenté votre enfant ?

— Parce qu'en ce moment l'enfant était trop malade.

— Où logez-vous à Saint-Georges ?

— Chez la Virmontois.

La Virmontois tenait à cette époque l'unique bouchon du village.

— Dans un quart d'heure, dit le pasteur à l'étrangère, j'irai baptiser votre enfant.

La femme sortit; le pasteur prit son chapeau ; Bonnin l'arrêta par le bras.

— N'allez pas là, dit-il.

— Pourquoi donc ?

— Il y a quelque chose là-dessous; cette femme n'a pas l'air naturel.

— Tu pourrais la calommier !

— La calomnier, tant que vous voudrez; mais vous m'avez sauvé la vie, et, pour sauver la vôtre, je mettrais la main au feu de ma forge. Eh bien, écoutez : Cette femme de Chaillevette demeure à la porte du pasteur Pougnard, elle n'a qu'un pas à faire pour lui présenter son enfant, mourant, dit-elle, et c'est à vous qu'elle l'apporte au risque de le voir trépasser dans le voyage. On ne trompe pas ainsi Jean Bonnin.

— J'ai promis de baptiser cet enfant, répliqua le pasteur, je tiendrai ma parole. Je ne veux pas répondre devant Dieu d'un refus de baptême.

— Dans ce cas, je vous demande une grâce; faites-moi crédit d'un quart d'heure de plus. Je vais aller chez la Virmontois, je confesserai la femme de Chaillevette, et je verrai si elle dit la vérité. Elle sera bien maligne si elle trompe Jean Bonnin, car sans vanité j'ai un œil qui lit dans un cœur comme dans un livre.

En arrivant chez la Virmontois, Bonnin trouva la femme de Chaillevette qui allaitait un enfant gai comme un pinson et rose comme une fleur de pêcher.

— Où est l'enfant à baptiser ? dit-il.

— Le voilà.

— Comment ! le voilà? mais il ne meurt pas; il a plutôt l'air de rire.

— Il va mieux depuis un moment.

Bonnin allait poursuivre l'interrogatoire lorsqu'il crut entendre du bruit derrière la cloison.

Il ouvrit brusquement la porte ; il aperçut deux hommes enveloppés de leurs manteaux, et attablés devant une bouteille. Il prit place au bout de la table et demanda une chopine à la Virmontois.

En le voyant entrer les deux inconnus cessèrent de causer.

Bonnin vidait lentement sa chopine, et de temps à autre jetait un coup d'œil aux deux manteaux.

L'un d'eux, impatienté de la présence de Bonnin, l'interpella.

— Dites-donc, mon brave homme, vous mettez bien du temps à vider une chopine ?

— Je vais en demander une autre, répliqua Bonnin, pour avoir le bonheur de rester plus longtemps en votre compagnie.

L'inconnu tira de dessous son manteau deux chaînettes de fer, et, les montrant au forgeron :

— Connaissez-vous cela ?

— Ce sont des poucettes, répondit Bonnin, ce n'est pas pour moi, j'espère, que vous avez apporté ces mitaines.

— Pour vous ou pour un autre, n'importe : elles pourraient bien vous servir en attendant.

— Je vois bien que je suis de trop ici...

Il ôta son bonnet et salua les deux étrangers. Il courut aussitôt chez le pasteur.

— Monsieur Jarousseau, dit-il, la maréchaussée est chez la Virmontois. Cette femme vous a tendu un guet-apens ; prenez votre canne, et allons faire un tour dans la forêt.

Une heure après les deux cavaliers de la maréchaussée entraient, le sabre au poing, dans la maison du pasteur. Ils n'y trouvèrent qu'une femme en mal d'enfant.

— Où est ton mari ? dit l'un d'eux à Anne Lavocat.

— Cherchez-le, répondit-elle, puisque c'est votre métier.

Le gendarme prit dans la cheminée une torche de résine.

— Je vais fumer le blaireau dans son terrier, dit-il.

Et il parcourut ainsi toute la maison.

Ce fut ce soir-là que naquit Bénigne Jarousseau.

CHAPITRE XII

LE SERMENT D'UN ROI

Louis XVI venait de monter sur le trône ; il avait appelé Turgot dans son Conseil. La Vrillière sortait du ministère ; son portefeuille passait à Malesherbes. Il semblait que la tolérance entrait au pouvoir. Malesherbes avait ouvertement protégé la *Profession de foi du Vicaire savoyard*. Turgot avait résolu de rendre l'existence civile aux protestants, non pas l'exercice de leur culte, mais l'existence ; il désirait que les enfants fussent les fils de leurs pères même mariés au désert ; il trouvait anormal qu'on fît des bâtards par ordonnance ; il insista même dans le conseil, au moment du sacre, pour que Louis XVI supprimât du serment qu'il prêtait à l'église l'article où il jurait d'exterminer les hérétiques. La captivité de Babylone allait cesser, pour parler le langage biblique du protestantisme. On crut même dans les églises que le nouveau roi allait rouvrir les temples, et une nuit une longue traînée de flamme courut de montagne en montagne sur la crête des Cévennes; c'étaient les populations protestantes qui fêtaient par des feux de joie la seconde résurrection du Christ, disaient-elles dans un élan lyrique de mysticisme.

Or, un an après, le 11 juin 1775, jour de dimanche, dans la matinée, le chœur de la cathédrale de Reims était tendu de tapisseries et entouré de tribunes garnies de tapis de velours, occupées par la reine, les princesses du sang et les dames de la cour par ordre de naissance; à gauche des tribunes et en face de l'autel, les pairs laïcs étaient rangés hiérarchiquement sur des fauteuils. Ils étaient vêtus d'une veste d'étoffe d'or flottante sur la cuisse, et, par-dessus la veste, d'un manteau ducal bordé d'hermine; ils portaient tous une couronne doublée d'une calotte de satin et le collier de l'ordre du Saint-Esprit.

A droite des tribunes siégeaient les pairs ecclésiastiques ornés de leur chape et de leur mitre; à leur suite venaient les cardinaux, les prélats, les ministres, les maréchaux de France, les conseillers d'État, les députés des cours souveraines. Le maître des cérémonies en pourpoint d'étoffe d'argent, les chausses retroussées, avec des capots garnis de dentelles, un toquet de velours noir et une plume blanche sur la tête, présidait au classement des grandeurs de la monarchie.

Sur le coup de sept heures du matin, l'évêque duc de Laon et l'évêque comte de Beauvais en toilette pontificale, un reliquaire pendu au cou, allèrent chercher le roi au son de la musique de la chapelle. Ils passèrent par une galerie couverte, mais en arrivant à la porte du monarque ils la trouvèrent fermée; le premier chantre frappa du bout de son bâton.

— Qui demandez-vous? cria le grand chambellan par le trou de la serrure.

— Nous demandons le roi, répondit le premier pair ecclésiastique.

— Le roi dort, répliqua le grand chambellan.

Le même cérémonial recommença par trois fois, mais à la quatrième le pair ecclésiastique varia la formule.

— Nous demandons, dit-il, Louis XVI que Dieu nous a donné pour roi.

Aussitôt la porte s'ouvre et le grand-maître des cérémonies conduit les deux prélats à Louis XVI qui les attendait couché sur un lit de parade. Il était costumé d'une camisole cramoisie, recouverte d'une robe d'argent; il avait la tête ornée d'une toque de velours surmontée d'une double aigrette. L'évêque de Laon le prit par le bras droit, l'évêque de Beauvais par le bras gauche, et ils le conduisirent ainsi à l'église pendant que l'orchestre jouait un air de circonstance.

Au même instant, le grand prieur de l'abbaye de Saint-Rémy en chape d'étoffe d'or apportait la Sainte-Ampoule. Il montait un cheval blanc harnaché d'une housse brodée, et tenu par deux palefreniers de la grande écurie. Il marchait sous un dais porté par quatre barons dits chevaliers de la Sainte-Ampoule ; aux quatre coins du dais caracolaient les seigneurs nommés par le roi comme otages de la fiole miraculeuse.

L'archevêque de Reims alla recevoir la Sainte-Ampoule à la porte de la cathédrale et la porta sur l'autel. Il présenta ensuite l'évangile ouvert à Louis XVI, et le roi assis, la tête couverte, prononça à haute et intelligible voix la formule sacramentelle du serment :

« Je jure, dit-il, de travailler sincèrement et de tout
« mon pouvoir à exterminer de toutes les terres sou-
« mises à ma domination les hérétiques nommément
« condamnés par l'Église. »

L'archevêque remit ensuite au roi l'épée de Charlemagne et le roi la transmit au maréchal de Clermont-Tonnerre qui faisait l'office de connétable ; le maréchal la tint la pointe en l'air, pendant toute la durée de la cérémonie. Le prélat ouvrit ensuite la fiole de la Sainte-Ampoule ; il en versa une goutte dans une soucoupe d'or et la délaya avec l'huile du Saint-Chrême.

Le roi se mit à genoux devant l'archevêque, et l'homme de l'Église lui fit une première onction sur la tête, une seconde sur la poitrine, une troisième dans le dos, une quatrième sur l'épaule droite, une cinquième sur l'épaule gauche, une sixième à la jointure du bras droit, une septième à la jointure du bras gauche, et toutes à nu sur l'épiderme.

Après les sept onctions, l'archevêque de Reims, aidé des évêques de Laon et de Beauvais, referma avec des lacets d'or les ouvertures de la camisole; l'opération terminée, le grand chambellan revêtit le monarque de la dalmatique et d'une livrée violette qui représentaient le costume de sous-diacre et de diacre. Après quoi, l'archevêque fit une huitième onction dans la paume de la main droite et une neuvième dans la paume de là main gauche; enfin il lui remit le sceptre et la main de justice, le sceptre en or émaillé décoré d'une figurine de Charlemagne, et la main de justice surmontée d'une corne de Licorne. Aussitôt, le premier chantre entonna cette prière :

« Que le roi ait la force du rhinocéros et qu'il « chasse devant lui comme un vent impétueux les « nations ennemies ! »

L'hymne terminée, l'archevêque prit le roi par le bras droit et le conduisit au trône élevé sur le jubé; il fit une révérence au roi, et l'ayant baisé il lui mit la couronne sur la tête en disant, *vivat pax in æter-*

num. Louis XVI porta vivement la main à son front :

— Elle me gêne, dit-il.

Et il essaya de soulever la couronne.

Ainsi Louis XVI avait juré d'exterminer les hérétiques ; c'était simplement de sa part un anachronisme ;
il ne voulait pas plus qu'il ne pouvait les exterminer.
Mais ce serment à contre-temps n'en jeta pas moins
la consternation parmi les réformés ; elle leur parut
une confirmation de *statu quo* inquiet, de cet état de
qui-vive qui n'était, à proprement parler, ni la persécution ni la tolérance ou plutôt qui était la persécution
et la tolérance à la fois ; les édits restaient toujours les
édits ; mais ici on les oubliait volontairement ; là, au
contraire, on les appliquait dans toute leur rigueur.
Le sort des protestants dépendait du caractère, du
caprice d'un gouverneur, d'un intendant ; de moins
encore, d'un subalterne, d'un subdélégué ; plus l'arbitraire descendait bas, plus il avait d'âpreté ; c'était, en
un mot, l'anarchie de la persécution.

Le subdélégué de Saintes était un de ces esprits qu'on
pourrait appeler les attardés du fanatisme. Au fond, il
était un homme du devoir ; il n'avait pas à discuter
la loi, il n'avait qu'à l'appliquer ; il avait mis son
amour-propre à surprendre un prêche en plein vent
et il envoyait de temps à autre les officiers du Royal
Berry étudier les passages de la forêt de Suzac, sous
prétexte de chasser le loup ou le renard.

En entendant leur meute aboyer deux ou trois fois dans une même semaine, Bonnin dit au pasteur :

— On chasse bien souvent de ce côté. Je n'ai pas reconnu parmi les chasseurs un homme du pays ; prenez garde, monsieur Jarousseau.

— Garde à quoi ? répondit le pasteur.

— A vous, répondit Bonnin.

Le pasteur sourit, et, portant la main à son chapeau :

— Vois-tu ce chapeau ? dit-il au forgeron.

— Je le vois, répondit Bonnin, et après ?

— Il y a sous ce chapeau une tête sous la main de Dieu.

— Je n'en doute pas, mais ensuite ?

— Ensuite je vais te le dire : si Dieu a besoin de son serviteur, cette tête est sacrée.

— Je comprends.

— Et si Dieu n'en a pas besoin... alors comme alors.

CHAPITRE XIII

UNE ASSEMBLÉE AU DÉSERT

Depuis la mort du maréchal de Senneterre le pasteur tenait à la Pentecôte une assemblée au désert; il voulut la tenir cette année-là au *Trier Têtu*. C'était le point stratégique le mieux choisi pour éviter une surprise.

Le *Trier Têtu* représente la dune la plus élevée de Suzac. Du haut de sa crête on embrasse à la fois le cours de la Gironde et la grande côte jusqu'à Bonance. Au midi le Trier domine le ravin qui conduit à la Conche des Nonnes ; on ne peut l'escalader de ce côté que par une pente abrupte, couverte d'une palissade d'ajoncs et de ronces. Au nord, la pente, quoique moins roide, est défendue contre un assaut par le même rempart d'épines. De ce côté d'ailleurs la dune, alors nue, déroulait son désert d'ambre jusqu'au *Trier de la Tache*. Aucun détachement de la force armée engagé dans ce Sahara au petit pied, ne pouvait échapper au regard.

Le *Trier Têtu* n'était accessible que par ses deux extrémités : par la route de Méchez à l'est, et le plateau de Suzac à l'ouest. Mais à l'est un cordon de grand-gardes échelonnées à un quart de lieue de distance du *Trier* en gardait les approches ; enfin, sur le plateau de Suzac un taillis de chênes verts, entrecoupé de chênes-liéges serrés les uns contre les autres comme une haie, devait protéger le prêche contre un coup de main et, en cas d'attaque, laisser à l'assemblée le temps de battre en retraite.

Enfin une ligne de sentinelles perdues montait la faction le long de la falaise, et Misère, immobile sur un monticule, comme une vigie, recueillait d'une oreille alternativement baissée et relevée, le moindre bruit flottant dans l'atmosphère.

Le pasteur avait fixé au lever du soleil l'heure du prône, pour mieux en assurer le secret par une marche de nuit. Il pouvait y avoir sur le Trier à trois heures du matin, de mille à douze cents fidèles, hommes, femmes, vieillards, enfants ; ils étaient accourus au rendez-vous de la plupart des villages environnants, les uns d'Ars, les autres des Monars, ceux-ci de Maine-Geoffroy, ceux-là de Maine-Jollet ; tous en arrivant remettaient à un ancien leur merreau ou jeton de présence.

C'était par une de ces belles matinées de juin, qu'on ne trouve qu'au bord de la mer, dans cette atmosphère saline aromatisée par l'odeur de résine des pins et du miel des immortelles, à leurs premières tentatives de floraison.

Au levant, la prairie de Chenaumoine fumait dans la rosée, sous des bouquets de vergnes et de frênes ; le long de la prairie, les jeunes semis déroulaient au loin, de dune en dune, leur cime houleuse, d'un vert clair ; au couchant, une mer plombée fuyait à perte de vue sous un ciel gris ; la blanche colonne du phare de Cordouan semblait sortir de l'abîme, avec la lumière au front, comme le génie étoilé de l'espace. La chaire du pasteur, improvisée avec des branches d'arbre, reposait au pied d'une yeuse, sous une tente de nuages de pourpre. Le ciel en était pavoisé. Pas un bruit autour de l'assemblée, pas un mouvement, rien que le vol d'un épervier dans le ciel ou la cadence matinale d'une forge au village du Compain.

Il n'y avait sur la nappe unie de la rade qu'un navire à l'ancre dans l'attente du jusant. Derrière Chenaumoine le plateau de Semussac paraissait en feu ; tout à coup sur le fond brun de l'incendie une étincelle vint à jaillir, puis grandit comme l'arche d'un pont enflammé. Son premier reflet alla frapper les troncs des pins et les fit briller comme autant de colonnes de cuivre. A mesure que le soleil montait dans le ciel avec une lenteur royale, il prenait possession de la terre encore assoupie sous une gaze de vapeurs et en levait les voiles l'un après l'autre pour en contempler toutes les grâces et toutes les poésies. La mer, jusqu'alors terne, prit une teinte méditerranéenne d'un bleu profond. Le navire à l'ancre appareilla en ce moment emportant au large le premier reflet de l'aube dans sa voilure.

Après être monté sur la pile de branches qui lui servait de chaire, le pasteur laissa tomber son front dans ses mains pour se recueillir, et après un instant de méditation il releva sa figure dans les rayons du soleil. Pendant que la brise du matin soufflait dans ses cheveux il commença son sermon. Il avait pris pour texte ce passage de saint Paul : *la charité est patiente ; elle excuse tout, elle supporte tout, elle espère tout.*

Mes frères, dit-il, rappelons-nous plus que jamais cette parole de l'apôtre ; nous avions un temple, on nous l'a retiré, nous pouvions y adorer le Seigneur par la pluie, par la neige ; et aujourd'hui nous devons nous cacher au fond des bois, comme des voleurs, pour accomplir l'acte le plus sacré de la vie d'un chrétien. Ne nous en plaignons pas, et n'allons pas surtout nous en irriter ; si une pensée de colère pouvait venir aux uns ou aux autres arrachez-la de votre cœur, comme on arrache la vipère de sa morsure, pour la rejeter loin de vous : *la charité est patiente, elle excuse tout, elle supporte tout, elle espère tout.*

On nous a ôté un temple de pierre et de bois, mais on ne saurait nous ôter Dieu, on ne l'enferme pas avec du moellon ni sous une charpente ; Dieu est partout et, partout, on peut l'adorer ; et où le peut-on mieux qu'au milieu de ses œuvres, en face de l'immensité, son image vivante, sous ce ciel plus resplendissant que la voûte d'aucun temple fait de main d'homme, fût-il couvert de cèdres du Liban et de pierreries?

Ici, du moins, aucun mur n'emprisonne le regard, et, au delà de l'œil de la chair, l'œil de l'esprit voit encore... Mes frères, vous vous êtes comptés en arrivant ici et vous vous êtes dit : Nous sommes douze cents, treize cents, et moi je vous dis à mon tour : Vous ne vous êtes pas bien comptés, derrière vous et autour de vous j'aperçois au delà de l'horizon visible l'église universelle du Christ qui communie avec vous en pensée ; envoyez-lui le salut évangélique, à ce lever du jour, en commençant par les plus éprouvés, par les proscrits et par les prisonniers.

Le pasteur tourna aux quatre vents du ciel sa face illuminée comme d'une auréole par un rayon de lumière ; puis, tendant la main du côté de l'océan :

A vous d'abord, mes frères connus ou inconnus, qui avez quitté la maison, la vigne, le champ, la tombe de vos pères et qui avez passé la mer, plus pauvres et

PELLETAN   6

plus nus que Job dans son affliction pour aller chercher
sur un autre continent l'évangile de votre conscience.
Vous avez abandonné la patrie du corps pour la patrie de l'âme ; prions Dieu qu'il vous rende dans le ciel
ce que vous avez perdu sur la terre, ou plutôt qu'il vous
rende cette terre de votre enfance, que vous pleurez
toujours car elle est toujours peuplée pour vous d'ombres chères... Mais, attendez, un jour viendra sans
doute... *la charité est patiente, elle excuse tout, elle
supporte tout, elle espère tout.*

A vous ensuite, nos bien-aimés forçats, enchaînés
côte à côte avec les flétris de la société et qui n'avez
cependant commis d'autre crime que votre foi au Dieu
de vérité. Ah! je le sais, je le présume du moins, quand
nu-tête sous le soleil du midi ou le front caché sous le
bonnet d'infamie, vous ramez sur le banc de douleur,
votre chair brisée doit entrer par instants en révolte
contre votre destinée ; vous êtes tentés de maudire vos
oppresseurs ; refoulez en vous ce mauvais sentiment.
La malédiction brûle les lèvres du chrétien. Dieu
n'aime pas la haine, il n'écoute que la parole d'a-
mour. *La charité est patiente, elle excuse tout, elle
supporte tout, elle espère tout.*

Un nouveau roi nous a été donné ; il est jeune, il
doit être bon ; mais parce qu'il a levé la main contre
nous à son sacre et qu'aujourd'hui on nous persécute
en son nom, il en est peut-être parmi vous qui se-

couent la tête et qui disent en eux-mêmes : Celui-là aura des yeux comme l'autre et il ne verra pas, il aura des oreilles et il n'entendra pas ; et dans le deuil de votre âme vous ajoutez : Pourquoi faut-il que le vent de Dieu qui berce devant notre seuil nos lavandes en fleurs n'emporte de nos chaumières que des cris de détresse... Chassez cette pensée, croyez et fiez-vous au Dieu de bonté ; *la charité est patiente, elle excuse tout, elle supporte tout, elle espère tout.*

Levez la tête et regardez ce soleil qui monte en ce moment à l'horizon dans toute sa gloire, c'est lui qui éclaire et qui vivifie le monde matériel, c'est lui qui fait jaillir la semence du sillon, qui mûrit l'épi dans la plaine et la grappe sur la colline, mais ce n'est pas l'unique soleil, il y en a un autre qui pour n'être pas visible n'en est pas moins suspendu à la voûte du ciel, c'est ce soleil qui éclaire les âmes et qui mûrit en elles les pensées de justice ; est-il déjà levé sur le palais de notre jeune monarque ? Je ne sais, mais je sais aussi qu'il se lèvera ; *la charité est patiente, elle excuse tout, elle supporte tout, elle espère tout.*

Pour hâter ce lever du jour de justice, bénissons notre roi, aimons-le, prions pour lui, non du bout de la lèvre, mais dans toute l'effusion du cœur, prions pour les siens, pour les serviteurs de sa pensée, si nous voulons que la grâce d'en haut descende en eux et rejaillisse ensuite sur le troupeau.....

A ce passage du sermon un cri partit tout à coup du sein de l'assemblée ; les femmes fuyaient , les hommes levaient leurs bâtons ; on venait de voir surgir du taillis de chênes verts les plumets d'une compagnie d'infanterie. Elle y avait passé une partie de la nuit en embuscade. Un officier marchait en tête, l'épée nue, pendant que deux autres détachements filaient au pas de course sur les deux flancs du Trier.

Le prône était cerné.

— A genoux ! dit le pasteur aux fidèles.

Toutes les têtes disparurent dans les fougères.

Le pasteur resta seul debout.

La compagnie fit halte, rangée sur une seule ligne, l'arme au pied.

— Joue ! cria l'officier.

Le pasteur croisa les bras sur la poitrine.

— Feu !

Une détonation successive et prolongée retentit à travers la colonnade sonore des troncs d'arbres de la forêt. Un nuage de poudre enveloppa un instant le *Trier-Têtu*. Misère, surprise dans sa faction, poussa un hennissement de douleur.

Les balles avaient sifflé, une seule avait porté et avait renversé le chapeau du pasteur.

L'apôtre releva tranquillement sa coiffure mutilée, et la regardant d'un œil de regret, comme s'il lui faisait un dernier adieu :

— Enfin, dit-il, voilà ma femme contente ; il me faudra bien cette fois-ci acheter un autre chapeau.

Puis, élevant en l'air ce vieux débris couvert de gloire, il cria vive le roi !

A peine avait-il poussé ce cri qu'il sentit à la tête une vive douleur. Il porta la main à son front et la retira pleine de sang.

— Le maladroit, dit-il, a failli me blesser.

Puis inclinant sa tête sur sa poitrine, il ajouta aussitôt :

— Après tout, Dieu est bon : cette balle aurait pu me tuer.

Et il tomba évanoui.

La blessure était grave et pouvait être mortelle.

Anne Lavocat assistait au prône. En voyant tomber son mari elle se mit à genoux devant le corps, elle lui souleva la tête; elle baisa la blessure et en essuya ensuite le sang avec son mouchoir ; puis déchirant sa robe sur sa poitrine elle banda la plaie du blessé, et, les mains jointes, les yeux fixes, elle le regarda en silence.

Deux anciens firent un brancard avec les branches de la chaire, et y couchèrent le pasteur pour le transporter à Saint-Georges ; le convoi marchait lentement entre deux haies de soldats ; Anne Lavocat tenait une main de son mari, et derrière elle Misère, la tête basse, flairait l'herbe où de temps à autre tombait une goutte de sang de la blessure du pasteur.

6.

CHAPITRE XIV

LA GRACE-DE-DIEU

Lorsque le pasteur se réveilla de sa léthargie il se trouva dans son lit, la figure enveloppée d'un bandeau. Le capitaine de grenadiers, assis au chevet, le veillait tranquillement, le menton appuyé sur le pommeau de son épée.

— Monsieur le pasteur, dit-il, j'ai ordre de vous emmener, mais comme je vous crois honnête homme, je veux bien consentir à vous laisser ici sur parole ; seulement, vous allez me promettre de ne plus chercher à tenir aucune assemblée.

— Je suis désolé d'avoir pour une première entrevue quelque chose à vous refuser, mais je ne puis vous donner la parole que vous me demandez.

— Alors, monsieur, je suis désolé à mon tour ; je ferai mon devoir. Un militaire français ne connaît que sa consigne. Quand mon colonel m'a dit : Amène-moi cet homme que tu vois là dans la rue, cet homme fût-il mon père, je l'amènerais mort ou vivant.

— J'ai, moi aussi, ma consigne à exécuter : ma conscience m'ordonne de prêcher l'évangile tant que j'aurai un cheveu sur la tête et une âme à édifier sur cette terre des vivants.

— Votre conscience? reprit le capitaine, je ne connais pas ce colonel; mais puisque la conscience est, à ce qu'il paraît, la grosse épaulette dans votre régiment, faites comme il vous plaira, chacun son métier. Aussi, pour vous donner l'exemple, je vais mettre une sentinelle ici, à la porte de la maison, avec ordre de tirer au premier pas que vous ferez pour vous sauver.

Le capitaine se leva, et, se retournant vers le pasteur, il ajouta :

— Pas de rancune, n'est-ce pas? et puisque je n'aurai peut-être pas d'autre occasion de vous parler dans ma vie, laissez-moi vous dire que vous êtes un brave, et que vous vous conduisez au feu comme un vieux soldat. Il est vraiment fâcheux que vous ne soyez pas militaire, vous feriez honneur au métier.

Il serra la main du pasteur.

— Surtout pas d'imprudence, ajouta-t-il; je vous préviens que je laisse, pour vous garder, le meilleur tireur de la compagnie. Si, après cela, je puis jamais vous rendre service, vous pouvez compter sur moi comme sur un ami.

Et il partit.

— Pardonne-leur, Seigneur ! dit le pasteur en le voyant sortir, car depuis que le monde est monde, ces gens-là n'ont jamais su ce qu'ils faisaient, et ils tueraient un homme pour sa croyance avec autant de tranquillité d'esprit qu'ils lui adressent un compliment.

Le pasteur resta longtemps alité de sa blessure et gardé à vue par un factionnaire.

Sa femme avait une pharmacie complète de remèdes secrets héréditairement transmis et perfectionnés de génération en génération. Elle possédait une herbe, ou une infusion, pour toutes les maladies du corps humain. Elle appliqua à son mari une eau de sa façon tellement infaillible, qu'il fallut au malade un mois pour guérir de sa blessure, et un autre mois pour guérir du remède.

Le pasteur commençait à entrer en convalescence lorsque le meunier Jacques Chardemite, président du consistoire, vint le trouver.

— Israël est dans la désolation, dit-il en débutant.

Le meunier appelait ainsi, par une licence biblique, le village de Saint-Georges-de-Didonne.

— Et l'église est veuve de la parole du Seigneur. Isaac Guimberteau devait épouser, à la coupe des foins, Suzanne Chabot ; les foins sont coupés depuis longtemps et Isaac Guimberteau n'a pas encore épousé sa fiancée, faute d'un homme selon Dieu pour bénir son mariage. La femme d'Étienne Bernard est accouchée la semaine dernière d'un garçon ; il a bien fallu conduire le nouveau-né à l'église, et depuis lors le pauvre petit porte à son front le signe de Bélial.

Jacques Chardemite appelait ainsi, par une nouvelle licence poétique, le baptême administré de la main du récollet.

— Pour peu que cela dure encore quelque temps, reprit-il, nous aurons bientôt rompu avec le Seigneur ; son saint nom aura séché sur nos lèvres, et nous aurons perdu l'habitude de prier. Nous vivrons désormais, et, ce qui est plus horrible à penser, nous mourrons comme des païens.

— Tu as dit vrai, répliqua le pasteur d'un ton ému, mais tu le vois, je suis prisonnier en ce moment et gardé à vue ; je ne peux faire un pas sans que cet homme, toujours de planton à la porte de ma maison, ne lève son fusil. Sans doute, il faut savoir au besoin affronter le martyre, mais il ne faut pas non plus tenter en vain le Seigneur. Mon œuvre d'ailleurs n'est peut-être pas finie ; j'ai eu pendant ma maladie une inspiration. Mais silence ! j'ai encore à la vérifier. En attendant, va trouver dans l'île d'Avert le pasteur Pougnard, et prie-le, de ma part, de me remplacer un instant.

— Le pasteur Pougnard sert Dieu à l'heure qu'il est sous les verrous, dans la prison de Marennes ; la troupe a partout dispersé dans la province la tribu de Lévi.

Le pasteur Jarousseau laissa échapper un soupir.

— Dieu est bon ! reprit-il avec douceur ; que sa volonté soit faite et que son nom soit béni !

Puis, fixant sur Jacques Chardemite son regard de prophète, il ajouta :

— Mets ta main sur ton cœur, mon fils, et après l'avoir interrogé devant Dieu, dis-moi si tu te sens assez fort pour porter le fardeau du saint ministère.

Jacques Chardemite réfléchit un instant.

— Le cœur est bon, dit-il avec une pieuse confiance, mais le reste pourrait bien me faire défaut.

— Qu'à cela ne tienne, répondit le pasteur ; là où est le cœur, Dieu est toujours présent. Va donc, je t'impose les mains, tu peux désormais baptiser et bénir au nom de l'Évangile.

— Ce qui est dit est dit, reprit Jacques Chardemite, et puisqu'il faut bien que quelqu'un ramasse le glaive du Seigneur tombé à terre en ce moment, je prendrai la mer dès demain pour réparer le temps perdu.

Et en effet le jour suivant une chaloupe, appelée la *Grâce-de-Dieu*, sortit au petit jour de la jetée de Saint-Georges. Lorsqu'elle eut doublé la tour de Cordouan et mis autour d'elle l'immensité, elle amena ses voiles, et les fidèles montèrent sur le pont pour entendre l'office divin.

C'étaient Isaac Guimberteau, Suzanne Chabot, leurs parents et leurs témoins, la femme de Bernard, son nourrisson, le parrain et la marraine, en tout douze personnes.

Jacques Chardemite lut un sermon approprié à la circonstance et donna la bénédiction nuptiale aux deux fiancés ; puis, trempant sa main dans l'eau puisée aux flancs de la barque il baptisa l'enfant. La cérémonie terminée, la chaloupe reprit aussitôt la route du port de Saint-Georges ; mais dans la soirée, le vent qui jusque-là avait soufflé de terre, sauta brusquement à l'ouest. Il fraîchit au coucher du soleil. La brume du large envahit l'atmosphère. Le feu de Cordouan disparut dans le brouillard. On entendit de la côte dans le silence de la nuit un murmure imperceptible comme le ronflement d'un fuseau. C'était le bruit de la vague sur le banc de Maumusson, indice de gros temps sur toute cette rive de Saintonge.

A sept heures du soir, la *Grâce-de-Dieu* n'avait pas encore reparu dans la rade de Saint-Georges. La mer était toujours grosse et le temps couvert. Le pilote Jean Mautret était de vigie sur la Valière, avec son fils Joseph, le plus intrépide matelot et le plus vigoureux nageur de la contrée. De temps à autre il ouvrait sa longue-vue, la promenait sur toute la largeur de l'horizon, et la refermait en secouant la tête avec cette physionomie impassible qui est chez le marin l'expression suprême de l'inquiétude.

Un moment vint cependant où il crut voir une forme blanche flotter dans la brume au bout de sa lunette.

— Voilà la *Grâce-de-Dieu*, dit-il, qui essaye de doubler la pointe de Valière.

Il suivit attentivement en silence la manœuvre de la chaloupe. Puis, laissant retomber sa longue-vue avec un geste de désespoir, il passa sa manche sur le verre comme pour l'essuyer.

— Regarde à ton tour, dit-il à son fils ; il me semble que j'ai la vue trouble.

Joseph prit la lunette d'approche.

— La chaloupe ne gouverne plus, reprit-il ; le courant la drosse sur les rochers.

Et boutonnant sa casaque de laine rouge il ajouta d'un ton résolu :

— Partons.

— Et où veux-tu aller ? lui dit le pilote.

— Là, dit-il en montrant la pointe de Suzac ; s'il arrive malheur à la *Grâce-de-Dieu*, je connais quelqu'un qui n'a pas oublié la manière de sauver les chrétiens.

— Alors, il faudra garder la recette pour une autre occasion. Regarde plutôt.

Et le pilote montrait de la main la mer qui moutonnait avec violence et couvrait la falaise d'un nuage de fumée.

— N'importe, dit Joseph, notre place est là où il peut y avoir un secours à porter.

— Tu as raison, dit le père.

Et tous les deux partirent dans la direction de la Conche de Royan.

Au moment où la chaloupe doublait la pointe de Valière, le vent avait molli tout à coup et la force du courant l'avait affalée sur la platène. Elle prit alors le parti de mouiller sous voiles, au pied d'une arche naturelle sculptée par la vague, en attendant que la brise fraîchît de nouveau. Le mouillage était suffisamment sûr tant que la mer montait, parce qu'il y avait au flot quatre brasses d'eau sur la platène du rocher. La lame du large passait en ondulant sous la quille de la chaloupe, et déferlait sur la grève à deux encâblures de distance. Mais au jusant, le rocher commença à montrer çà et là sa crête couverte de goëmon, et la lame irritée par ce choc contrarié que le marin appelle retour de marée, brisa violemment sur l'écueil. La mer emprisonna la chaloupe d'un amphithéâtre mugissant de montagnes d'eau, échelonnées les unes derrière les autres, en assises infinies, sur la ligne de l'horizon.

L'enceinte mobile de brisants se resserrait de plus

PELLETAN 7

en plus autour de la *Grâce-de-Dieu*, et s'en rappro-
chait avec une effrayante rapidité.

— Allons, dit Joseph, voici le moment.

Il ôta sa chaussure et enleva sa veste de molleton.

Le cercle bouillonnant étreignait déjà sa proie de
toutes parts, lorsqu'une lame déboucha de la pointe de
Suzac en secouant au vent sa longue ligne d'écume;
elle bondit sur le rocher à la hauteur de la vergue et
déferla sur le pont de la chaloupe.

Les deux marins entendirent comme le bruit étouffé
du canon. La vague fondit en brume et tout disparut au regard.

— La chaloupe est perdue, dit le pilote.

La chaloupe, un instant submergée, venait de repa-
raître. Elle oscillait sur sa quille comme si elle cherchait à reprendre son équilibre. Les deux marins
purent voir les passagers courir de côté et d'autre sur
le pont, dans la démence du désespoir.

Une seconde lame venait du large avec cette impul-
sion solennelle qui semble porter un arrêt. Elle recruta
en passant les autres vagues attardées devant elle pour
augmenter son volume. Arrivée à la hauteur de la
chaloupe, elle la recouvrit d'une voûte, croula de
toute sa pesanteur, puis se dispersa de côté et d'autre
en tumulte, et s'effaça en ne laissant sur l'eau que de
larges plaques d'écume.

Une épave douteuse au-dessus de laquelle quelque

chose semblait flotter reparut seule à la surface du brisant, tandis qu'un goëland volait lentement au-dessus du gouffre où la chaloupe venait de sombrer.

Jean Mautret se jeta à la mer pour essayer de sauver au moins un naufragé, mais à peine avait-il commencé à nager qu'une lame le frappa en pleine poitrine et le rejeta violemment sur la grève. Le pilote aperçut un paquet d'étoffes roulé dans le gravier. C'était son fils que le ressac remportait au large sans connaissance.

Il le releva. Le malheureux, revenu à lui-même, debout sur la plage, immobile et pétrifié, regardait d'un œil de rage cette vague plus forte que lui qui semblait vouloir garder toutes ses victimes.

Le goëland volait toujours dans le brouillard de la houle comme s'il suivait sous ce linceul flottant la marche de la chaloupe. Par instants, il plongeait et jetait en remontant un cri d'appel. Mais aucun secours ne venait et ne pouvait venir.

— Tout est fini, dit le pilote.

— Tout est fini, répéta machinalement Joseph.

Mais, retournant la tête, il jeta aussitôt un cri d'espoir :

— Voilà le pasteur !

CHAPITRE XV

UNE BÉNÉDICTION NUPTIALE

En effet, le pasteur arrivait au galop sur sa jument; il détacha une corde pendue à l'arçon de la selle, et, se dressant sur ses étriers, il leva la main vers le ciel comme pour invoquer son assistance.

— Où a coulé la chaloupe? dit-il.

— Là, répondit le pilote. Et il indiqua d'un geste l'arche du rocher. Mais que voulez-vous faire? ajouta-t-il en saisissant la bride de la jument. Un coup de mer vient de culbuter mon fils sur la grève.

— Laisse aller le pasteur, reprit Joseph. La mer était pour le moins aussi grosse, lorsqu'il sauva, il y a trois ans, la vie de Noël Membrard, à la pointe de Suzac.

— Alors, Dieu vous protége! dit le pilote au pasteur. Et il lâcha la bride de Misère.

Misère avança d'abord courageusement au milieu du ressac, mais lorsqu'elle sentit le sable tourner sous son sabot comme une meule de moulin et l'écume pétiller avec furie à son naseau, elle dressa l'oreille et flaira l'eau avec une expression visible de terreur.

— Eh bien ! fit le pasteur d'un ton de reproche.

La jument s'enleva à ce mot et s'élança d'un bond dans les brisants. Mais au moment où elle perdait pied, une vague l'atteignit au poitrail et la dressa tout debout. La vague passa. La jument reprit l'équilibre et replongea la tête la première ; la croupe flotta seule à son tour au-dessus de l'écume.

Le pasteur venait enfin de franchir le premier obstacle le plus dangereux ; maintenant sa monture pouvait nager.

Jean Mautret et son fils étaient remontés sur la dune pour suivre de plus haut la lutte d'un homme contre l'Océan. Le soleil allait se coucher ; une ligne rouge comme une raie de sang barrait le ciel à l'ouest ; une vapeur livide voilait l'horizon.

Les deux marins cherchèrent longtemps du regard le cavalier emporté par sa monture à travers l'abîme et enveloppé des rugissements des lames qui secouaient autour de lui leurs crinières d'écume. Mais ils n'apercevaient, d'intervalle à intervalle, qu'un imperceptible point noir, ballotté sur la ligne tumultueuse des brisants. Le point noir s'éloignait toujours de la plage et s'évanouit insensiblement dans le brouillard. Ils ramassèrent à tout hasard l'herbe sèche et le jonc marin de la dune, et ils y mirent le feu pour réchauffer, au besoin, le corps des naufragés. La flamme inclinée par le vent flottait en longue traînée sur la plage humide de la Conche, lorsqu'à la lueur du bivouac ils virent surgir tout à coup la figure d'un soldat.

— Où est mon prisonnier? cria-t-il tout essoufflé encore de sa course à la poursuite de Misère.

— Allez le chercher où il est, répondit Joseph avec une sombre ironie, et puissiez-vous le ramener?

La nuit était venue. La mer perdait toujours. Le bruit rauque de la lame fuyait à l'horizon comme le cri de la bête qui emporte sa proie. La brise avait fraîchi au coucher du soleil et dissipé la brume. Le ciel versait sur cette scène de mort l'éclat paisible de ses étoiles. Le temps coulait et le pasteur ne revenait pas.

Les deux marins, debout devant la flamme couchée par le vent, jetaient de temps à autre leurs regards au large, et les reportaient ensuite tristement sur la flamme mourante du bivouac.

Le pilote tira sa montre.

— Voici une heure, dit-il.

Il n'osa achever sa pensée.

Joseph soupira.

— J'ai eu tort, dit-il, de laisser aller le pasteur, et

pourtant la mer était aussi grosse à la pointe de Suzac !

Ils baissèrent de nouveau la tête et gardèrent le silence, comme s'ils cherchaient à étouffer en eux un secret pressentiment, lorsque tout à coup ils entendirent sur la plage un appel qui semblait sortir d'une poitrine brisée.

— A moi ! mes enfants !

Ils virent flotter dans l'ombre, sur la lumière phosphorescente de la lame, la silhouette d'un homme à cheval. Ils coururent à son secours. Sa monture immobile, la crinière ruisselante, tremblait de tout son corps et tournait la tête de côté et d'autre d'un air inquïet. Un long ruisseau d'eau salée coulait de son flanc et tombait avec un bruit sourd sur le sable. Le pasteur, transi par le froid sur la selle de son cheval, la figure pâle, la bouche serrée, les cheveux collés sur ses joues, passait de temps à autre la main sur son front, remuait la lèvre sans pouvoir prononcer une parole, et, recueillant enfin un dernier reste d'énergie :

— Ils sont là, dit-il d'une voix étouffée.

Il montra de la main un monceau de formes confuses ballottées au milieu de l'écume, et s'affaissa, du haut de sa selle, épuisé de fatigue. En voyant tomber son maître, Misère se coucha sur la grève comme pour mourir à côté du pasteur.

Le monceau de formes ballotté sur l'écume, et tantôt

repoussé, tantôt ramené par le flot ou par le ressac, était un groupe de naufragés gisant les bras entrelacés autour du mât de la chaloupe. Le premier était le patron; le second était Jacques Chardemite ; le troisième, un jeune homme qui serrait d'une main convulsive le bras d'une jeune femme évanouie. C'était Isaac Guimberteau avec sa fiancée.

Le soldat avait suivi le pilote sur la grève et regardait ce drame d'un air qui semblait dire : J'ai vu mieux que cela pendant la guerre d'Allemagne.

— Ami, lui dit Joseph, ne pourrais-tu pas nous aider?

— Volontiers, reprit le soldat, après avoir préalablement jeté un coup d'œil au pasteur, étendu sans mouvement, comme pour s'assurer qu'il ne courait aucun risque de perdre une seconde fois son prisonnier.

Ils transportèrent les naufragés auprès du feu allumé sur la dune, et après les avoir roulés dans la cendre, ils allèrent relever le pasteur avec sa monture, et les ramenèrent l'un et l'autre au bivouac. Peu à peu les naufragés, ravivés par la chaleur, reprirent connaissance et tombèrent dans les bras du pasteur pour le remercier de leur salut.

— Ce n'est pas moi qu'il faut remercier, dit modestement le héros de l'Évangile, c'est cette pauvre bête qui a porté toute la fatigue.

Mais Isaac Guimberteau était resté à genoux auprès du corps de sa fiancée; par moment, il lui mettait la main sur le cœur et l'appelait à haute voix. Le cœur avait cessé de battre, la poitrine était glacée. Une faible rougeur avait flotté un instant sur sa figure comme un dernier reflet de vie et disparu avec la même rapidité.

Jean Mautret et son fils chargèrent le corps sur les épaules, et prirent le chemin de Saint-Georges.

Le cortége marchait en silence, car chaque assistant avait, dans cette nuit funèbre, l'âme préoccupée d'une triste pensée : la mer, perdue là-bas dans l'ombre, gardait encore six cadavres.

Au milieu de ce profond recueillement, le soldat pencha la tête à l'oreille du pasteur, et lui dit d'un ton ému :

— Touchez là, monsieur Jarousseau, vous êtes un bon Français ; mais je ne suis pas content de vous, je vous le dis franchement.

— Pourquoi cela, mon ami?

— Comment! vous me dites d'aller boire un verre de vin à la cuisine, et pendant ce temps-là, vous filez à la dérobée, sans songer que vous exposiez peut-être un honnête grenadier à faire un malheur!

— Quel malheur? répondit machinalement le pasteur tout entier à la tristesse du moment.

— Que voulez-vous! on a sa consigne, et de plus sa

7.

carabine chargée. Vous comprenez qu'à l'heure qu'il
est, j'en serais vraiment au désespoir. Vous pouviez
bien me dire un mot en partant. Entre gens de cœur,
il y a moyen de s'entendre.

— Vous avez raison, reprit le pasteur. Aussi, doré-
navant, je vous promets de ne plus passer le seuil de
la porte, sans vous prévenir d'avance, jusqu'à ce qu'il
plaise au Seigneur de retirer sa main appesantie sur
ma tête et de me rendre la liberté.

— Dans ce cas, monsieur le pasteur, prenez mon
fusil, de peur de tentation. Vous pouvez désormais
aller et venir, à votre fantaisie. Seulement, veuillez
vous rappeler que ma tête répond de votre parole.

Il tendit sa carabine au pasteur.

— Que voulez-vous que je fasse de cela, mon ami?
Gardez ce fusil pour le montrer un jour à vos petits-
enfants, et pour leur dire : Voilà ce qui, en ce temps-
là, était un apôtre.

Lorsque le convoi atteignit la première maison de
Saint-Georges, le pasteur fit déposer la jeune femme
noyée sur un banc de pierre. La foule accourut de
toutes parts avec des torches de résine pour reconnaître la victime. L'infortunée reposait doucement
dans l'attitude du sommeil, la tête inclinée sur l'é-
paule, les cheveux déroulés, les bras pendants à son
côté, les jambes raidies et les pieds nus sortant des plis
de sa robe comme les pieds d'une statue des plis de

son linceul. De minute en minute la lueur d'une torche errante sur sa figure semblait ranimer sa paupière
éteinte; l'éclair passait et la mort laissait retomber son
ombre sur ce front pâle désormais de la pâleur de l'é-
ternité.

Le cercle se resserrait de plus en plus autour du
cadavre par un mouvement de curiosité. Les petites
filles, repoussées par la pression jusqu'au bord du
banc de pierre, cachaient leur tête de frayeur dans
leur tablier. Les mères pleuraient, et criaient,
et interpellaient Jacques Chardemite, perdu dans
le cortége et abîmé dans l'affliction d'un désastre
dont il était involontairement l'auteur ; elles lui disaient : Qu'as-tu fait de mon frère? Qu'as-tu fait de
mon fils? Pourquoi as-tu pris le rôle de l'élu du Seigneur et as-tu ainsi attiré sa colère sur ta témérité?

A chacun des reproches, Jacques baissait la tête
comme s'il sentait sa conscience troublée.

— Silence ! dit le pasteur d'une voix forte. Qui donc
oserait parler ici après que Dieu a parlé par un pareil
événement? Recueillons-nous plutôt et interrogeons-
nous devant lui, d'un cœur soumis, pour comprendre
la leçon sévère qu'il vient de nous infliger; car Dieu
n'éprouve pas seulement ses créatures pour les éprou-
ver, il les éprouve pour les rappeler à la vérité.

Le pasteur mit le genou en terre et la foule l'imita.

Le soldat seul resta debout; mais bientôt, par cet

instinct militaire du mouvement en commun, il fléchit à son tour le genou.

— Si tu es chrétien, tu peux bien prier en notre compagnie, lui dit son voisin.

Le pasteur resta longtemps en méditation, la tête penchée sur sa poitrine. Un silence solennel régnait en ce moment sur l'assemblée. On n'entendait que le bruit de la mer, entrecoupé çà et là d'un sanglot. On sentait passer dans l'air comme un souffle d'inspiration.

Après une longue préparation intérieure, le pasteur se leva.

— Mes amis, dit-il, Dieu est bon, et s'il a pris pour victime cette pauvre martyre couchée là sur la pierre, c'est qu'il a voulu sans doute, par le mérite de ce sacrifice, nous racheter de la servitude. Nous avons longtemps prié dans le désert, et lorsque la terre nous a manqué, nous sommes allés prier sur l'Océan. Mais la terre et la mer aujourd'hui semblent repousser à la fois nos prières. Qu'est-ce à dire, sinon que la dernière heure de l'Évangile est venue ou que l'heure de notre délivrance va sonner ? la première supposition est un blasphème. La seconde est donc une vérité. J'ai interrogé l'Esprit saint dans cette pensée, et si je ne pèche pas ici par présomption, voici ce qu'il m'a répondu : Vous avez un bon roi, il tend la main, en ce moment, à un peuple opprimé. Il doit sûrement ignorer qu'on nous poursuit à coups de fusil et qu'on nous jette aux vagues comme on jetait autrefois aux bêtes les premiers fidèles. Va le trouver, raconte-lui votre martyrologe, et puisqu'il est bon, il vous rendra justice. Voilà ce que j'ai entendu en moi ; mais comme un seul ne contient jamais autant la volonté divine que plusieurs, car il a été écrit : Là où vous serez plusieurs assemblés en mon nom, là sera mon esprit, je crois donc devoir consulter le conseil des anciens et lui demander son avis. Voyons, Thomas Guérin, es-tu ici présent?

— Oui! cria une voix dans la foule.

— Tu es le plus âgé, parle le premier.

CHAPITRE XVI

UNE INSPIRATION D'EN HAUT

Un vieillard, la tête ceinte d'une couronne flottante de cheveux blancs, avança au milieu du cercle en tenant à la main son chapeau. Thomas Guérin était un ancien capitaine de la marine marchande et l'homme le plus lettré du village.

— Puisque le pasteur me demande mon avis, dit-il, je vais le dire avec la même sincérité que si je parlais au jugement dernier. Je puis me tromper; alors, que mon erreur reste sur moi; mais je ne saurais approuver la proposition de notre bien-aimé père en Dieu ici présent. Le roi est un brave homme, dit-il; tant mieux; nous le verrons plus tard. Tout roi qui commence, commence bien. L'autre aussi avait bien commencé, à ce que mon défunt père m'a dit souvent. Croira qui voudra; quant à moi, je ne puis croire que celui-ci ignore qu'on nous traque et qu'on nous tue depuis bientôt un siècle, et qu'on nous prend nos femmes et nos enfants sous prétexte de les convertir. Est-ce que la voix de la terre sans cesse arrosée de notre sang, et de la pierre de la prison sans cesse retentissante de notre affliction, ne monte pas nuit et jour à son oreille ? Est-ce que si jamais il a fait un pas dans quelqu'une de ces provinces, sanctifiées dans des temps meilleurs par la foi de nos pères et maintenant ravagées comme par le feu, il n'a pas senti remuer sous son pied le sol pétri tout entier des ossements de nos martyrs ? Ah ! partout où l'innocent a péri de mort violente, ne passe pas là, toi qui l'as frappé ou qui l'as laissé frapper, car il y a là un gouffre et tu y tomberas, au premier jour, aussi sûrement qu'il y a quelqu'un qui tient note de tous les crimes et en fera le compte au jour de jugement.

Mais si le roi ignore qu'on nous persécute en son nom, il y a donc un rideau tiré, dès son berceau, entre son regard et la vérité ; et quelle est la main qui a tiré le rideau, sinon la main de quiconque l'approche de plus près et a le plus de droit par conséquent à sa confiance ? Et lorsque notre digne pasteur, que Dieu le sauve de tout piége ! ira pour détromper ce roi dupe de sa propre grandeur, pensez-vous qu'on acceptera son témoignage ? Non ; on lui répondra : C'est toi qui as menti. Convaincre un roi d'ignorance, c'est lui manquer de respect, c'est lui signifier qu'il ne fait pas convenablement son métier, qu'il n'a pas l'œil partout. Or, une pareille injure, de mémoire d'homme, n'est jamais restée impunie ; j'ai lu, moi aussi, un peu d'histoire, et voilà ce que j'y ai appris.

Ensuite, il ne suffit pas de dire : Je vais trouver le roi et lui parler. On ne le rencontre pas dans la rue comme le premier venu, et on ne le tire pas à l'écart pour lui dire un mot en passant. Un roi est un être à part, et par cette raison précieusement soustrait au contact des autres qu'on appelle ses sujets. Il vit dans une espèce de solitude sous le titre de Majesté, derrière un triple et un quadruple rempart de gardes, de courtisans, d'estafiers ou de sentinelles, d'étiquettes, de génuflexions et de révérences. Un roi est le premier prisonnier de son royaume. Il faut être au moins duc ou pair, laquais ou gentilhomme, pour avoir le droit de l'aborder. Lors donc que notre digne pasteur, — Dieu veille sur sa vie ! — ira frapper à la porte du roi, il trouvera là, je le crains bien, un mousquetaire de bonne maison qui aimera à rire et qui lui répondra : Qui es-tu ? d'où viens-tu, toi qui n'as ici ou là ni épée ni livrée ? Retourne à ton village, mon brave homme ; il n'y a pas place pour toi dans ce palais !

Un roi est toujours un roi, ou plutôt il n'y a qu'un roi sous ces différents noms de Pierre, Paul, Louis

ou Henri. Lorsqu'un d'eux a dit : Telle chose sera,
cette chose fût-elle une injustice, son successeur, à
quelque degré que ce soit, croit presque toujours devoir lui tenir parole, soi-disant par respect pour la
monarchie. Je tiens cela de bonne part, d'un livre
fait comme il faut, et signé par un citoyen de Genève.
Eh bien! puisque la persécution, après un instant de
relâche, vient de nouveau nous rendre visite, retirons-
nous en nous-mêmes comme dans des tentes fermées
et laissons-la passer ; notre dignité désormais est de
souffrir et d'attendre. Et après tout, si j'en crois le signe du siècle, nous n'attendrons pas longtemps. Quelque chose me dit que le temps de la réparation universelle approche. Je dormirai peut-être sous l'herbe
lorsqu'il viendra ; mais cette génération-ci le connaîtra, et pensant à leurs pères morts qui lui ont transmis le feu saint à travers tant d'épreuves, elle viendra peut-être au jour de délivrance rendre hommage
à leur tombeau.

Quand le vieillard eut achevé son allocution, le
pasteur interpella un autre orateur.

— Jérémie Dusser, es-tu là ? dit-il.

— Oui, répondit de nouveau une voix dans l'assemblée.

— Tu es le plus jeune ; dis à ton tour ton avis.

Jérémie Dusser était quelque peu gentilhomme ver-
rier par sa famille et par sa femme, une Polignac de

Boube; mais, au lieu de prendre avantage de sa naissance, il avait préféré suivre en paix ce qu'il croyait la
bonne route, et il avait modestement embrassé l'état
de cultivateur.

— Quant à moi, dit-il, je tiens que le meilleur
moyen de savoir si le roi actuellement régnant est,
oui ou non, un homme de bonne volonté, c'est de
faire ce que propose le pasteur, c'est d'aller droit à lui
et de lui dire respectueusement : Sire, on nous fait
tort sous votre règne pour un crime qui n'est pas un
crime, et on nous force à croire à la pointe de l'épée
ce que nous ne pouvons croire en conscience. Nous
sommes, comme les autres, les enfants de la commune famille ; vous êtes notre père, rendez-nous justice si vous voulez qu'un jour, à votre tour, justice
vous soit rendue, car il a été écrit que celui qui se
servira de l'épée périra par l'épée.

Mais comment arriver jusqu'au roi, cet homme
plus qu'un autre homme, toujours caché dans l'impénétrable mystère de son palais? Je n'en sais rien ;
mais je n'en crois pas moins que celui qui a mis au
cœur de notre vénérable pasteur, notre maître en
Israël, la résolution de parler au prince, a mis en
même temps dans le cœur du prince la résolution
d'entendre la vérité. Quand un homme, quel qu'il
soit, porte la parole au nom d'une grande idée, comme
la liberté de conviction, il est l'ambassadeur d'un

siècle, il a son siècle tout entier derrière lui pour l'appuyer au besoin. La royauté, d'ailleurs, n'est plus ce qu'elle était autrefois. Le trône sans doute était hier encore placé à une hauteur inaccessible pour le regard. Mais depuis la France a monté, la distance est raccourcie. Encore quelques tours de soleil, et nous verrons peut-être roi et peuple passer, par la même porte, de compagnie.

Si cependant, après avoir entendu notre humble supplique, le roi nous répond : Je ne vous connais pas, retirez-vous ; eh bien, nous aurons mis le pouvoir en demeure, nous aurons fait notre devoir, nous rentrons dans la plénitude de notre droit en toute sûreté de conscience. Nous pourrons regarder du côté de la mer et prendre exemple de l'Amérique, et s'il y a quelqu'un en France pour crier : Debout ! et pour appeler à lui tous ceux qui portent le cœur haut sous la servitude, je suis de ceux-là, j'en donne ici d'avance ma parole. J'ai dit.

— Tu en as trop dit, reprit le pasteur ; n'importe, tu as parlé selon l'esprit, et tout à l'heure Thomas Guérin a parlé selon la sagesse, et tous les deux vous avez représenté, chacun à votre façon, les déchirements intérieurs de ma propre pensée. Allez en paix maintenant, vous tous qui avez entendu ceci, et priez Dieu qu'il éclaire jusqu'au bout l'âme de votre pasteur. Il en a besoin.

Il donna sa bénédiction à l'assemblée, et chacun regagna en silence son foyer. Mais tout à coup un éclat de rire partit du milieu du groupe qui entourait encore le banc de pierre où reposait le corps de la jeune fille morte, et une voix cria :

— Allez chercher les violons, vous autres, voici l'heure du bal ; j'épouse aujourd'hui ma fiancée. J'ai attendu longtemps, mais enfin là-bas, là où on ne voit plus que le ciel, Dieu nous a mariés.

Le malheureux Isaac Guimberteau était devenu fou de douleur, et en disant ces mots il chantait et riait tour à tour. Une âme charitable lui mit la main sur la bouche par pitié, et le ramena à sa maison comme un enfant.

Depuis lors il n'a pu recouvrer la raison. On le voyait longtemps après errer le long des chemins, avec ce rire terrible de l'homme foudroyé dans son intelligence. Toutes les fois qu'il rencontrait quelqu'un, il lui disait : As-tu vu ma femme? Elle était tout à l'heure à mon côté, je ne sais pas où elle est passée.

Et il riait.

C'est ainsi qu'à une époque de persécution, le mal engendre le mal à l'infini, et que le coup qui frappe une victime porte toujours plus loin que la volonté du sacrificateur, et va frapper de proche en proche plusieurs autres victimes.

Le lendemain, à son réveil, le pasteur trouva le grenadier qui l'attendait au pied de l'escalier.

— Monsieur Jarousseau, dit-il, j'ai l'âme pleine, foi d'honnête homme, de tout ce que j'ai vu et de tout ce que j'ai entendu hier. Je n'ai pu dormir de la nuit, et à l'heure qu'il est, je sens encore quelque chose là qui me remue. Je n'ai jamais bien su ce qu'était cette religion-ci ou que cette religion-là, parce que pour un militaire cela est parfaitement inutile ; on en est quitte pour croire comme son père et aller comme lui à confesse, mais je comprends bien que la meilleure manière d'adorer Dieu est de faire comme vous faites et de parler comme vous parlez. Je vous prie donc de me recevoir dans votre Église et de vouloir me confesser.

Le pasteur le regarda en souriant :

— Bienheureuse simplicité ! dit-il en lui-même, et il ajouta ensuite avec bonté :

— Mon ami, il n'y a dans notre foi d'autre confesseur que le Dieu vivant ; adresse-toi donc à lui dans le secret de ta pensée. Après cela, viens me trouver, je te dirai ce qu'il est bon que tu saches pour faire un jour partie de ses élus.

Puis, faisant un retour sur cette rapide conversion :

— Il arrive donc un jour, murmura-t-il intérieurement, où la force brutale elle-même fléchit devant je ne sais quelle mystérieuse influence. Ceci est un heureux présage. Décidément je partirai demain.

Mais que dut-il penser quelques années plus tard, lorsqu'il apprit, avec toute la France, que le premier qui avait marché à l'assaut de la Bastille était précisément un soldat ?

Le pasteur avait dit : Je partirai demain, il voulait dire sans doute je partirai bientôt, car il avait auparavant plus d'une question préjudicielle à vider. Son voyage à Paris était dans sa pensée un acte éminemment religieux, une sorte de jubilé. Il s'y prépara donc pieusement par un redoublement de bonnes œuvres, pour mettre toutes les chances divines de son côté.

Depuis longtemps, Jacques Chardemite et Jean Mautret étaient en procès pour une part d'héritage. Il les appela dans sa chambre, et posant devant eux l'évangile ouvert :

— Mes enfants, leur dit-il, donnez-vous le baiser de paix, car si, en partant, je laissais ici une seule discorde, Dieu peut-être détournerait le regard de mon chemin; j'ai charge de vos âmes, et si vos âmes ne sont pas en état de grâce, je dois en avoir la responsabilité. Embrassez-vous donc et aimez-vous désormais.

Le malheur ouvre l'esprit à la conciliation. Jacques Chardemite tendit la main à Jean Mautret, et tous deux promirent d'oublier le passé.

Après cette victoire de la charité, le pasteur jeûna toute la semaine, veilla, pria, et invoqua l'Esprit-Saint, le front collé contre la pierre de la muraille, et l'Esprit-Saint, pour lui témoigner sa reconnaissance, lui rappela la lettre du marquis de Mauroy à Malesherbes, qu'il avait jetée dans les temps, et oubliée au fond d'un tiroir. Il la reprit à tout événement, et la serra dans son portefeuille pour lui servir d'introduction auprès du ministre.

Pendant cette longue entrevue avec celui qui sonde les reins et les cœurs, il fit son examen général de conscience, convaincu que le chrétien qui possède une âme en règle porte la force de l'infini. Il repassa donc article par article, geste par geste, tout ce qu'il avait fait ou ce qu'il aurait dû faire, comme homme, comme pasteur, comme père, comme mari. Il déploya sa vie entière devant le Seigneur. Il gémit, il pleura, il prit en quelque sorte à deux mains le repentir, ce tison mystique de l'autel intérieur, et il appliqua courageusement le feu partout où la faiblesse humaine avait marqué.

Il sentit après cela qu'il était prêt à mourir, et il ajouta un codicille à son testament.

CHAPITRE XVII

UNE AMBASSADE A VERSAILLES

Quand le pasteur eut ainsi réglé son compte avec
Dieu et avec lui-même, il médita le discours qu'il
voulait tenir au roi, pour emporter de haute lutte la
conviction de Sa Majesté, et il rédigea minutieusement
un mémoire divisé en quatre points comme un sermon.

Par le premier point, il prouvait que la persécution
était contraire à la doctrine de l'Évangile. La preuve
était aisée. L'Écriture, sous ce rapport, abondait dans
le sens du pasteur. Évidemment, l'Église naissante
répugnait à la persécution par la raison qu'elle était
persécutée.

Par le second point, le pasteur prouvait que l'intolérance était injuste. L'argument pouvait avoir son
mérite, au point de vue de la philosophie, mais il
manquait à coup sûr d'habileté, car dire au pouvoir

que Dieu ayant créé la conscience libre, le pouvoir avait uniquement pour mission de protéger cette liberté, c'était lui mesurer sa part. Jamais la royauté n'a pu accepter qu'on la mît ainsi à la ration.

Par le troisième point, le pasteur prouvait que la persécution était impolitique; il suffisait de laisser la parole à l'histoire. Proscrire une opinion, c'est pour un roi perdre étourdiment pour le moins une province de son royaume. La révocation de l'édit de Nantes a plus diminué la France au dix-septième siècle que ne l'eût fait la perte de la Picardie. Elle lui a enlevé d'un trait de plume l'élite de l'industrie.

Par le quatrième point, il prouvait que la persécution était inutile. A cette occasion, il rappelait au roi ce mot de Vauban, qu'à la suite de la Saint-Barthélemy, le nombre des protestants avait augmenté; mais si après la révocation de l'édit de Nantes le culte réformé avait semblé disparaître à tout jamais de la scène, il avait en réalité doublé de prestige. L'âme humaine est ainsi faite, que toujours elle incline du côté des victimes. La pitié est encore le meilleur prédicateur d'une croyance.

En un mot, ce mémoire était impitoyablement logique, du premier au dernier paragraphe. Et il eut tort précisément, pour avoir parlé la langue de la raison; l'Esprit-Saint l'avait voulu ainsi.

Le pasteur annota, corrigea longuement son mé-

PELLETAN   8

moire, le lut, le relut à haute voix, et franchissant
déjà l'espace de la pensée, il en mesurait d'avance
l'effet irrésistible sur l'esprit du roi. Mais hélas ! en
attendant, il était prisonnier à domicile. Il adressa
une pétition à l'Intendant Meilhan d'Ablois pour le
prier de retirer le garnisaire préposé à sa surveil-
lance.

L'Intendant sourit de la demande et jeta la lettre
au rebut. Ce fut son premier projet de réponse. Mais
à la reflexion il trouva dans ce voyage un moyen
ingénieux de débarrasser sans bruit la province d'un
ministre de l'Évangile. Il envoya donc un passeport
au pasteur Jarousseau, et en même temps il écrivit
au lieutenant de police à Paris pour le prier d'arrêter
au débotté un prédicant factieux, en rupture de ban,
qui devait faire son entrée à cheval dans la capitale du
fils aîné de l'Église, et pour plus de facilité, il lui
donna le signalement de l'homme et du cheval.

Le lieutenant de police, au reçu de cet avis, fit aussitôt prévenir les maîtres d'auberge de la ville et de
la banlieue d'avoir à lui représenter à première sommation un homme coiffé d'un chapeau rond et monté
sur une jument pommelée. Avant de mettre le pied à
l'étrier, l'apôtre de Saintonge avait déjà sa place pré-
parée à la Bastille.

Une fois en possession de son passeport, le pasteur
Jarousseau fit sa valise ; il y mit d'abord l'arche

d'Israël, c'est-à-dire sa Bible, et ensuite une double copie de son mémoire soigneusement écrit sur papier ministre. A ce bagage purement spirituel, sa femme ajouta par mesure de prudence quatre chemises, six mouchoirs, six paires de bas, un bonnet de coton, une paire de souliers de rechange, une douzaine de biscuits, un fromage de bique, un sac de prunes rôties au four, une botte d'herbe pour la fièvre et une autre pour la migraine.

Un voyage à Paris en ce temps-là était considéré comme un voyage à l'équateur. Le coche de Rochefort mettait dix jours pour faire le trajet ; la place coûtait cent quinze francs par personne. Il est vrai que Misère remplaçait avantageusement le coche; mais qu'on allât en voiture ou à cheval à Paris, on croyait devoir emporter avec soi un approvisionnement complet de vivres et de remèdes, comme si au sortir de sa province on entrait en pays de barbarie.

Mais au moment de partir, le pasteur remarqua qu'il avait oublié le point essentiel du voyageur. Il avait bien pu autrefois aller de Lausanne à la Rochelle sur la bourse du hasard, en jeûnant la moitié du chemin et en dormant aussi souvent à la belle étoile. Mais il ne pouvait, la main sur la conscience, imposer à Misère ce système par trop économique de locomotion.

Comment dénouer cette inextricable question finan-

cière qui venait tout à coup arrêter l'apôtre au
moment du départ? Le revenu de l'année suffisait à
peine, comme nous l'avons vu, à combler la dépense
de l'année dans le ménage du pasteur. Il fallait, de
toute nécessité, recourir à un emprunt, ce qui était,
dans la tradition rigoriste du pays, un acte de dé-
chéance. Emprunter ou dissiper, c'était tout un à
cette époque, où la théorie du crédit attendait encore
son philosophe.

Le pasteur Jarousseau prit courageusement son
parti de cette humiliation. Il alla trouver maître
Thomas, tabellion royal à Saujon, et le pria de lui
prêter un sac moyennant hypothèque sur la métairie
de Chenaumoine. Maître Thomas était un compère
madré, toujours souriant, qui n'avait d'autre préoccupation dans la vie que de multiplier les actes pour
multiplier les honoraires.

— Pouvez-vous attendre? dit-il au pasteur.

Il lui faisait cette question parce qu'il le savait
impatient de partir.

Le pasteur secoua la tête en signe de négation.

— Dans ce cas la promesse d'hypothèque ne me
suffit pas, il me faut encore une procuration pour
vendre au besoin votre métairie. Je pourrai ainsi vous
avancer la somme que vous me demandez en ce
moment. Si je ne trouve pas un prêteur, je trouverai
toujours bien un acheteur, et sur le prix de la vente

je rentrerai un jour ou l'autre dans mon avance ; vous comprenez ?

Le pasteur comprit parfaitement que le notaire lui demandait une vente anticipée de sa métairie, et bien que la condition lui parût rigoureuse, il l'accepta sans discussion.

— Faites la procuration, dit-il au notaire, je vais la signer.

— Non pas vous, répondit le tabellion ; votre femme seule doit la signer, la métairie lui appartient, et de plus vous n'êtes pas légalement son mari.

Le pasteur remporta donc tristement la procuration à Saint-Georges-de-Didonne, et la présenta à la signature de demoiselle Anne Lavocat, car l'acte était ainsi libellé.

La femme du pasteur lut d'un bout à l'autre cet acte de dépossession, et le jetant sur la table, elle dit de cet accent de mère qui met tout un monde d'émotions dans une parole :

— Malheureux, c'est le pain de nos enfants !

Une mère est toujours une mère ; vous pouvez lui demander sa vie, elle la donnera encore volontiers pour sa croyance ; mais n'essayez jamais de lui arracher ce qu'elle regarde comme la nourriture de sa couvée.

La note douloureuse de cette exclamation maternelle fit rentrer le pasteur en lui-même, et pour la

8.

première fois de sa vie le fit douter de son inspiration.

Il reprit silencieusement le papier sur la table, et il remonta dans sa cellule pour vider seul à seul avec Dieu ce nouvel incident. Ce qu'il dit et ce qui lui fut répondu dans cette heure de déchirement, en face du sacrifice, nul ne le saura jamais. Après cette entrevue mystique avec l'âme universelle toujours flottante autour de notre âme pour l'assister à l'occasion, il redescendit et il dit à sa femme d'un ton d'autorité :

— Femme, il faut signer cela ; j'ai d'autres enfants encore à nourrir d'un pain bien autrement précieux que le pain tiré d'un épi.

La femme du pasteur sentit que la demande de son mari était cette fois-ci un ordre sans réplique, et, avec la pieuse résignation d'une servante de la Bible, elle fit authentiquement l'abandon d'une partie de son patrimoine. Elle passa ensuite son mouchoir sur sa figure, et tout fut dit : le sacrifice était consommé.

Le pasteur pouvait enfin partir, grâce au dévouement d'Anne Lavocat, comme disait l'acte notarié. Il avait complété sa valise d'une sacoche de cent pistoles. Le matin de son départ il réunit ses enfants et leur donna solennellement sa bénédiction. Sa femme pleurait à l'écart, la main sur son front, pour cacher sa douleur.

— Femme, lui dit-il, ne pleure pas, mais loue plutôt le Seigneur de m'avoir choisi entre tous, moi *le* dernier, pour être son envoyé auprès de l'homme qui tient dans sa main notre liberté.

Une partie de la population l'accompagna jusqu'à la Cafourche de Maisonfort.

— Dieu vous assiste! lui dit-elle en le quittant.

— Dieu est bon, répondit le pasteur, il a déjà entendu votre prière.

Il mit sa jument au trot et il disparut au tournant du bois de Belmont.

Certes, au point de vue de la raison sèche, ce voyageur perdu en ce moment au regard, sous la feuillée du bois de Belmont, est pour le moins un visionnaire, lancé dans l'espace, sur la foi d'un rêve, à la poursuite d'une chimère. Pauvre, inconnu, proscrit, simple paysan, à peu près, il va, du fond de sa province, sans autre recommandation et sans autre appui qu'un chiffon de papier dans sa valise, réclamer la liberté de conscience, et la réclamer, à qui? à un roi qui a encore sur la main le serment prêté à son sacre d'exterminer l'hérésie. Il n'a aucun nom, aucune autorité; il ne pèse pas plus devant le pouvoir que le dernier passant. Politiquement parlant, il n'est personne, et cependant du dernier abîme de l'obscurité, il ose reprendre l'œuvre que Voltaire avait tentée en vain du haut de son génie.

Voilà cet homme; on vous le livre; vous pouvez sourire assurément de sa naïveté, vous en avez le droit, si vous n'êtes habitués depuis votre enfance qu'à traiter avec la raison; mais si jamais vous avez compté dans votre vie avec une inspiration plus haute , nommez-la la foi, nommez-la comme vous voudrez, vous reconnaîtrez alors que ce voyageur, plein de je ne sais quel mystère, est plus grand peut-être que Voltaire lui-même, et l'histoire, pour peu qu'elle eût une fois par exception la science de la vraie gloire, devrait respectueusement l'accompagner du regard. Il fraye la route en ce moment à la plus sainte chose du monde, à la liberté de conscience. Il comprend le premier, par un sublime instinct, ou plutôt par un rayon d'en haut tombé dans sa poitrine, que lui, si humble que soit sa place dans la vallée, il porte cependant en lui la puissance terrible du droit, ce reflet vivant de Dieu sur la terre, et qu'investi de cette puissance, il peut parler au roi d'égal à égal; il est autant qu'un roi, plus qu'un roi, car qu'est-ce qu'un prince de la terre sans l'idée de droit attachée à son front? un hasard couronné, un magnifique mensonge. Va donc, et suis intrépidement ton chemin; tu es un droit méconnu, en instance; tu es un peuple opprimé à moitié debout, et il n'y a rien au-dessus de cela sous le soleil.

Qu'importe ensuite que cette ambassade sacrée d'une pensée de justice ait ou n'ait pas réussi sur le moment, que ta parole ait passé dans le vent comme

la voix du crieur de rue sans parvenir à réveiller le
maître endormi dans son injustice : tu as porté la
sommation respectueuse du temps, tu as assez fait, tu
peux te retirer. Le temps poursuivra la requête. Lorsque l'idée de droit a parlé une fois, elle ne rentre plus
dans la nuit. Hier, elle était venue un, demain elle
reviendra un million. La décoration mobile de cette
terre passerait plutôt que cette idée.

Crois donc au droit, toi qui écoutes, à quelque degré de l'échelle que le jeu de la naissance t'ait relégué;
crois-y fermement, saintement , sans haine , sans colère, sans appel à la violence, toi seul n'en as pas
besoin, et tu auras pris dans cette vie un gage d'in-
vulnérabilité; tu pourras marcher sur le flot : le flot
te portera; marcher à travers le feu : la flamme s'écar-
tera pour te laisser passer. Tu fais partie désormais
d'une loi éternelle du monde; tu ne pourrais tomber
sans entraîner cette loi dans ta chute. Or, la justice
gravite ici-bas sur un axe d'airain encore plus immuable que l'axe de l'étoile, et quand elle sombrera
au regard, le ciel aura croulé.

Telle était, dans une langue plus merveilleuse, et
sous une lumière plus éclatante, la pensée du pasteur
Jarousseau, tandis qu'il cheminait lentement vers
Paris.

Il avait si profondément en lui la conscience du
juste qu'il ne doutait pas de la victoire, pour peu qu'il

approchât l'oreille du roi, ne fût-ce qu'une minute.
C'est cette conscience du juste qui fait le héros et qui
appelait en ce moment-là même un simple planteur
d'Amérique à la première place dans l'humanité. Si
on mesure l'homme à son idée, le pasteur Jarousseau
et Washington ont la même grandeur devant Dieu,
car ils ont au fond la même idée. Il n'y a de différence
entre eux que la différence du théâtre.

Mais la même voix du siècle qui avait dit à l'un :
Lève-toi et fonde une république, avait dit à l'autre :
Marche et porte au pied du trône la première parole
de liberté de croyance. Une force indomptable les
poussait chacun dans sa voie, à travers la nuit de l'inconnu. Et cependant aucun d'eux ne doute de son
œuvre un instant. C'est à ce signe seulement qu'on
peut reconnaître une âme bien trempée. Toute dé-
fiance est une faiblesse. Parce qu'une heure t'échappe,
tu crois avoir perdu l'avenir. Le pasteur n'eut pas du-
rant son voyage une seconde d'indécision. Il semblait
qu'une prophétie secrète lui criait au fond du cœur :

Fais ton œuvre, tu as derrière toi la postérité pour
te relayer, et si tu succombes aujourd'hui pasteur méconnu, demain tu te relèveras Mirabeau.

CHAPITRE XVIII

L'HOTEL DE LA PROVIDENCE

Après avoir perdu de vue les moulins de Didonne, le pasteur apaisa le trot de sa monture et marcha désormais au pas méticuleux du proverbe. Il avait mis la bride sur le cou de Misère comme pour lui abandonner exclusivement la direction du voyage. C'était à vrai dire une sage résolution, car Misère avait conservé de sa première existence en compagnie du marchand forain l'excellente habitude de stationner à la porte de chaque auberge. Sans cette précaution, le pasteur, absorbé dans sa rêverie, et occupé à repasser argument par argument la contexture logique de son mémoire, eût couru le risque de déjeuner la veille, de dîner en esprit et de coucher, à la grâce de Dieu, sur le grand chemin.

Heureusement sa bête pensait pour lui à l'heure du repas, et, par la même occasion, à l'heure du coucher.

Mais elle finit par y mettre de l'exagération, pour ne pas dire de l'indiscrétion, de peur de calomnier une aussi respectable créature. Que voulez-vous? si la chair est faible chez l'homme, elle peut bien l'être par esprit d'imitation chez le cheval.

Misère pratiquait à outrance la liberté illimitée du temps d'arrêt. Chaque fois qu'elle voyait pendre un bouchon sur la route, elle faisait halte, et le pasteur dînait aussi souvent qu'elle prenait le frais, sans soupçonner à la récidive qu'il avait déjà dîné. Il est vrai qu'en vertu de son axiome hygiénique, qu'il fallait toujours sortir de table avec sa faim, il pouvait impunément dîner toute la journée.

Grâce à ce système de relâche à tout propos, Misère fournissait à peine une traite de quatre à cinq lieues, du lever au coucher du soleil; mais cet abus de confiance, il faut bien dire le mot, n'effleura pas un instant l'inaltérable sérénité du pasteur. Il aimait la lenteur, comme les hommes de méditation. Il avait l'âme trop pleine d'ailleurs pour penser à autre chose qu'à la glorieuse bataille évangélique qu'il allait livrer. De temps à autre, il aimait à faire le roman de la réception que le roi lui ménageait sûrement dans son palais; il voyait par anticipation le prince ému lui tendre la main avec un sourire de bonté:

— Levez-vous, pasteur Jarousseau, je vous accorde votre demande.

Et répandant son illusion sur la nature entière, il regardait les arbres du chemin d'un œil de bonheur, et il semblait dire aux petits oiseaux, emportés comme par un coup de vent d'une touffe de chardon à l'autre sur le glacis de la chaussée : Vous l'avez entendu ; il a dit : Levez-vous, pasteur Jarousseau.

Il y a toujours dans l'âme du croyant, même le plus énergiquement trempé, je ne sais quelle adorable puérilité qui est comme la candeur retrouvée de la première heure de la création.

Il traversait du reste cités et campagnes avec une égale indifférence, sans plus remarquer les hommes que les monuments. Il entrait dans une ville et il en sortait comme il y était entré, et un quart d'heure après, il aurait vainement cherché dans sa mémoire quel nom elle pouvait avoir sur la carte. Il ne faisait attention qu'aux mendiants, mais comme il ne savait pas encore suffisamment établir la distinction d'un écu à la monnaie, il leur donnait aussi souvent un écu qu'une pièce de billon, si bien que, d'étape en étape et d'aumône en aumône, il avait notablement ébréché la sacoche en arrivant à Paris.

Enfin, après trois semaines de marche, il atteignit, un jour, à la tombée de la nuit, la barrière d'Enfer.

L'approche de la nouvelle Babylone l'avait sans doute ramené au sentiment de la réalité, car il avait repris à sa monture le droit d'initiative. Déjà Misère avait fait choix d'une auberge à l'entrée du faubourg de Montrouge ; mais le pasteur lui avait appliqué amicalement le talon sur le flanc et avait accompagné ce coup de talon de l'injonction impérieuse : Allons ! C'était la formule sacramentelle des grandes circonstances. Misère baissa l'oreille en signe d'étonnement, et poursuivit son chemin. Elle avait quelque raison, en effet, d'être étonnée d'un changement de politique qu'elle pouvait prendre en conscience pour un acte d'insubordination.

C'était toutefois à bonne intention que le pasteur usurpait en ce moment sur la liberté jusqu'alors inviolable de Misère. En touchant la frontière de Paris, il avait fait ce raisonnement : Cette ville est aussi grande qu'une province ; si je prends mon gîte dans la banlieue, j'aurai chaque jour un premier voyage à faire pour aller voir qui de droit, et un second voyage pour revenir à mon auberge. La prudence indique donc que, pour économiser le temps, je dois choisir un logement au centre de la cité. Ce plan de stratégie à l'usage du solliciteur en campagne témoignait à coup sûr d'une profonde sagesse, humainement parlant. Mais il était écrit que toutes les fois que le pasteur en appelait à la raison pour diriger sa conduite, le résultat devait tourner à sa confusion.

Il suivit résolûment la rue d'Enfer, longea le mur des Chartreux, descendit la rue de la Harpe, traversa la

Seine et attaqua cette longue galerie ténébreuse appelée encore aujourd'hui la rue Saint-Denis. Il y vit de
la boue en plein été. Il jugea le quartier assez central.

Alors il quêta du regard une auberge ; mais il avait
beau tourner la tête à droite, la tourner à gauche, il
ne voyait flotter nulle part cette plaque hospitalière
de tôle illustrée tantôt d'un écu d'or, tantôt d'une
croix d'argent, tantôt d'une cloche, tantôt d'un
lion. C'était à croire vraiment que la capitale du
monde civilisé manquait au premier devoir de l'hospitalité envers l'étranger.

La nuit était tout à fait tombée ; le pasteur avait
mis pied à terre, et, tirant derrière lui sa jument par
la bride, il allait de côté et d'autre, au hasard de l'inspiration, poussait une reconnaissance par ici, une
reconnaissance par là ; mais pas plus ci que là, il ne
pouvait découvrir cette gracieuse invitation au voyageur : *Ici on loge à pied et à cheval.* Le malheureux
ignorait, dans sa simplicité apostolique, que depuis
longtemps la police de Paris avait supprimé les enseignes flottantes par mesure de sûreté. Quant à Misère,
elle suivait son maître de cet air de triomphe dans la
défaite, qui signifiait évidemment que si le pasteur
avait voulu respecter jusqu'au bout l'ordre convenu
et écouter sa bête au lieu d'écouter sa raison, il dîne-
rait à l'heure qu'il était, et, par contre-coup, Misère
mangerait son avoine.

Le pasteur aurait pu sans doute sortir d'embarras
en demandant au premier venu l'adresse d'un hôtel
dans le voisinage ; mais la crainte de passer pour un
badaud fraîchement débarqué de sa province avait
laissé mourir la question sur la lèvre. Cependant,
après avoir indéfiniment erré de rue en rue, il finit,
de guerre lasse, par déposer tout respect humain, et,
avisant un passant qui lui paraissait honnête par la
raison assez suspecte qu'il portait une épée en verrouil,
une culotte de nankin, une paire de manchettes et des
bas chinés, le costume complet en un mot d'un cadet
de bonne maison :

— Monsieur, lui dit-il, pourriez-vous m'indiquer
une auberge?

Cette question sembla surprendre le passant ; mais
bientôt la surprise fit place à une autre idée. Voilà
sûrement un provincial, pensa-t-il en lui-même, et
puisque la Providence a jugé à propos de me l'adres-
ser, je vais lui faire faire du chemin.

— A deux pas d'ici, répondit-il, et si vous voulez
bien le permettre, je vais conduire votre cheval à
l'écurie.

L'officieux cicérone saisit la bride de Misère.

Le pasteur luttait de politesse.

— Je ne souffrirai pas, Monsieur.

— Ne faites pas attention, répondit le passant.

— Ce serait en vérité abuser de votre obligeance.

— Nullement, Monsieur ; je suis le frère de l'aubergiste.

— Alors, c'est différent, reprit le pasteur, vaincu
par cette dernière considération.

Et il abandonna la bride de sa jument à ce frère
d'aubergiste posté là, à point nommé, pour le tirer
de perplexité.

Il le suivait à quelques pas seulement de distance.
L'heure avançait ; la nuit était obscure, la rue était
déserte, les lanternes, sagement espacées par raison
d'économie, jetaient çà et là dans l'ombre quelques
rares éclaircies sur le pavé, lorsque tout à coup, au
détour d'une rue, l'obligeant piéton passa à la gauche de Misère comme s'il voulait relever l'étrier,
sauta d'un bond sur la selle et tira son épée.

A cette brusque atteinte à sa personne, Misère fit
un mouvement en arrière par un sentiment de pudeur ;
mais aussitôt elle poussa un hennissement aigu de
douleur et partit au galop.

Le pasteur, atterré de tant de félonie, restait immobile, les bras tendus, balbutiant de temps à autre un
mot entrecoupé, et suivant du regard avec une sorfe
d'horreur sacrée l'étincelle qui jaillissait de temps à
autre du pavé sous le sabot de sa malheureuse compagne ; mais la trace flamboyante du crime s'éloignait
de plus en plus, et s'éteignit au premier carrefour. Le
fantôme jusque-là visible du ravisseur disparut avec

sa proie dans un impénétrable labyrinthe. Le pasteur avait perdu sans retour sa jument, sa valise, son Mémoire, sa tisane pour la migraine, sa tisane pour la fièvre, et enfin son plus indispensable viatique, le reste de son argent.

Et cependant sa première pensée en ce moment était une pensée d'humanité. Il cherchait à comprendre comment Misère, qui ne galopait jamais que dans une heure d'héroïsme, avait pu consentir cette fois-ci à prendre le galop sans avoir évidemment aucune gloire à recueillir de cet excédant de vitesse.

— Cet homme lui aura fait quelque cruauté! pensa-t-il.

Cette idée lui arracha un soupir et amena une larme au bord de sa paupière.

Mais ce besoin invétéré d'illusion, qui était le fonds de son caractère, essentiellement optimiste, eut bientôt étouffé cette marque de faiblesse.

— Après tout, murmura-t-il tout bas, la charité chrétienne défend de supposer le mal avant son entière consommation. Ce monsieur, peut-être, est un mauvais plaisant qui a voulu rire de ma simplicité, et qui, dans un instant, va me ramener mon cheval.

Il attendit encore une heure dans cette espérance le retour du fugitif; mais après avoir vainement tendu l'oreille au moindre bruit du vent qui pouvait lui apporter un écho lointain de Misère, il comprit que la pauvre créature était définitivement passée en pays de captivité.

— Dieu me l'avait donnée, dit-il avec une amère tristesse, Dieu me l'a retirée ; que le nom du Seigneur soit béni !

Il a avoué depuis, à sa honte, que ce soir-là il avait le cœur tellement déchiré de cette séparation, que sa parole invariable : Dieu est bon ! était retombée malgré lui au fond de sa poitrine.

Mais, par suite de cette conviction religieuse que toute affliction prolongée était une sorte d'impiété envers le Seigneur, qui envoie les épreuves à l'homme pour purifier son âme, comme il envoie la foudre à la terre pour assainir l'atmosphère, il reprit toute la sérénité du philosophe chrétien.

— Maintenant, je suis piéton, je puis loger partout ; j'aurai gagné du moins cela à être volé.

Comme il faisait cette réflexion en cheminant au hasard à travers l'obscurité, il vit flamboyer derrière la vitre d'un transparent une inscription qui portait en tête : *Ici on loge à la nuit*, et au-dessous : *Hôtel de la Providence*.

Il frappa à la porte de ce refuge inespéré, qui ressemblait assurément plus à un bouge qu'à un hôtel. Mais le pasteur était dans une situation de corps et d'esprit à croire aisément l'inscription du transparent sur parole. A la recommandation de sa physionomie,

sans doute, il obtint du logeur la pièce la plus honnête de l'établissement, c'est-à-dire une étroite man-
sarde reléguée à moitié route des étoiles et spartiate-
ment meublée d'un lit de sangle, d'une chaise, d'une
cruche cassée et d'une table de noyer.

Le pasteur se jeta tout habillé sur son lit et s'endor-
mit d'un profond sommeil.

CHAPITRE XIX

VISITE A MALESHERBES

Le lendemain à son réveil, il rédigea de nouveau le mémoire évanoui, la nuit précédente, avec Misère, pour classer une fois de plus et retrouver au besoin dans son souvenir le premier, le second, le troisième et le quatrième arguments en faveur de la liberté de conscience. Lorsqu'il eut ainsi rétabli le mémoire disparu dans son ancienne ordonnance, il écrivit à Malesherbes une lettre simple, émue, explosion involontaire et pathétique d'un cœur débordant de la souffrance de tous dans une seule minute. C'était un homme de bien qui parlait à un autre homme de bien, et qui trouvait naturellement l'éloquence de la vertu. Il mit sous la même enveloppe la recommandation du marquis de Mauroy, cacheta le paquet, le jeta lui-même à la poste pour plus de sécurité, et savoura

9.

enfin cette volupté intime d'une œuvre accomplie.

Il crut devoir alors dresser le bilan des derniers débris de sa fortune échappés au naufrage de la veille,
et, vérification faite de ses poches d'habit, il vit qu'il
lui restait pour unique ressource sa montre, une pièce
de six livres et quelque menue monnaie. Il était réduit
au régime du passereau ou de pensionnaire de la Providence; mais il portait légèrement cette idée de dé-
nûment, passée doublement chez lui en coutume.
Malesherbes allait lui répondre demain, et sa détresse
finissait avec cette réponse.

Demain vint et passa avec cette lenteur de l'attente
trompée, et Malesherbes n'avait pas répondu au pasteur; il n'avait pas encore répondu le jour suivant ni
de toute la semaine ! La pièce de six livres avait rapidement fondu au soleil, d'autant plus que, par une
habitude physique en quelque sorte, le pasteur ne
rencontrait jamais un pauvre sans puiser, au hasard,
dans sa poche et donner le premier numéro venu, que
ce fût cuivre ou argent. Il dépensa ainsi sa dernière
monnaie.

— A charge de revanche, dit-il au mendiant en lui
laissant tomber dans la main une pièce de quinze
sous, agonie suprême de son léger pécule.

Ne voyant pas venir la réponse à sa lettre, le pasteur
prit le parti d'aller la chercher lui-même à l'hôtel du
Louvre.

C'était au Louvre en effet qu'était adressée la lettre du marquis de Mauroy. Mais Malesherbes ne demeurait plus là depuis qu'il avait quitté le ministère.

Le concierge renvoya le pasteur à l'hôtel Malesherbes. L'ancien ministre habitait en ce moment le château de Rungis, et ne venait à Paris que les jeudis. Le pasteur avait encore devant lui une semaine d'attente, ou, pour mieux dire, d'angoisse dans l'état de crise financière où le caprice de la destinée l'avait jeté. Il prit néanmoins pacifiquement cette contrariété comme une nouvelle occasion d'exercer la vertu de la patience. Il vendit sa montre, qui avait été, depuis son enfance, la fidèle confidente de sa pensée, la sentinelle vigilante de sa vie d'étude, et sur le prix de cette part de lui-même dans le passé, il attendit courageusement le jeudi libérateur qui devait l'indemniser au centuple de tout ce qu'il avait perdu et de tout ce qu'il avait souffert.

Au jour dit, le pasteur retourna à l'hôtel de Malesherbes, donna son nom à un domestique, et pénétra d'emblée, par un tour de faveur, dans le cabinet du philosophe.

Malesherbes était à ce moment adossé à la fenêtre, en habit marron à grandes poches et à boutons d'or, le jabot barbouillé de tabac, la perruque ronde et mise de travers. Ce premier aspect parut à l'apôtre de bon

augure. Il sentait qu'il était, jusqu'à un certain point,
parent de Malesherbes par le négligé.

— Eh! parbleu! monsieur le pasteur, dit Malesherbes en le voyant entrer, je vous fais chercher partout.
Vous avez oublié de me donner votre adresse.

En effet, le pasteur n'avait jamais soupçonné qu'on
pût écrire à la fin d'une lettre, au bas de son nom,
une superfluité comme celle-ci : *Hôtel de la Providence, rue Sainte-Avoye.*

— N'importe, reprit le ministre, puisque aujour-
d'hui je suis assez heureux pour vous tenir là, je dois
vous dire en face, au risque d'attenter à votre modestie, que vous m'avez écrit une lettre, ou plutôt une
épître, digne des premiers temps du christianisme;
je l'ai communiquée à Vergennes et, selon votre
prière, je l'ai mise sous les yeux de Sa Majesté;
Sa Majesté a daigné mettre à la marge ce que vous
voyez.

Malesherbes tendit la lettre au pasteur, qui lut ces
mots écrits d'une main royale : *Voir cet homme et
me l'amener.*

L'invitation sans doute pouvait être plus polie;
mais telle qu'elle était, le pasteur l'accueillit avec un
frémissement intérieur de joie, comme une prophétie
de délivrance.

— Je suis prêt à vous suivre, dit-il au ministre.

— Demain matin, à six heures, ma voiture vous

attendra ici, à mon hôtel. Vous avez sans doute un habit?

— Un habit! répondit le pasteur en écartant de sa poitrine deux parements de camelot garnis de boutons d'acier ; j'ai celui-là.

Malesherbes sourit.

— Je trouve votre habit parfaitement honorable; mais, pour paraître devant le roi, l'étiquette exige que vous ayez la tenue officielle du tiers état.

A cette révélation inattendue d'une nouvelle complication le pasteur frémit.

— Je n'ai plus une obole pour acheter un semblable habit.

— Vous serait-il arrivé quelque malheur ?

— Hélas! monseigneur.

— Dites : Monsieur. Jean-Jacques m'appelait toujours ainsi, mais enfin de quelle mésaventure avez-vous été victime ?

— Je n'oserai vous la raconter.

— Pourquoi?

— Elle vous ferait sourire.

— Dites toujours.

— Eh bien, je cherchais une auberge dans Paris, ou plutôt une enseigne d'auberge, j'avais mis pied à terre et je tirais ma jument derrière moi lorsqu'un passant officieux me propose de la conduire à l'écurie. Il me prend la bride des mains avec une exquise politesse, puis saute sur la selle et il galope encore emportant ma valise.

— Et votre argent?

— Et mon mémoire.

— Le malheur est réparable.

Le pasteur soupira.

— Il ne l'est pas, monsieur Malesherbes, ma jument est perdue.

— Cette dernière perte est encore plus facile à réparer.

— On voit bien que vous ne connaissez pas *Misère*.

Malesherbes sourit.

— C'est le nom de votre jument?

— Oui, monsieur, mais il ne faut pas la juger sur l'étiquette. *Misère* est la personne la plus intelligente et la plus dévouée de la création.

— Vous voulez dire la bête?

— Non, la personne; si je vous racontais son histoire...

Pendant que le pasteur parlait, Malesherbes ouvrit un secrétaire et prit une feuille de papier dans un tiroir.

— Quel jour êtes-vous arrivé à Paris? dit-il au pasteur.

— Il y a environ une quinzaine.

— Une quinzaine n'est pas un jour, est-ce jeudi?

— Mettez jeudi.

— En êtes-vous certain?

— Nullement : Mettez jeudi ou vendredi.

Malesherbes écrivit.

— A quelle heure?

— A neuf heures de l'après-dînée.

— Dans quelle rue l'étranger vous a-t-il abordé?

— Je n'en sais rien.

— Vous ne savez pas non plus dans quel quartier?... Pourriez-vous donner le signalement du voleur?

— C'était un jeune homme de bonne mine, l'épée au côté.

— Sa taille?

— Il m'a paru grand et bien découplé.

— Son âge?

— De vingt-cinq à trente ans.

Malesherbes écrivait toujours.

— Quelle est la couleur de votre cheval?

— Gris pommelé et œil véron.

Après avoir achevé le libellé de cet interrogatoire, Malesherbes le plia en quatre et le mit sous enveloppe; puis il donna un coup de sonnette.

Un laquais entra.

Malesherbes remit au laquais le pli cacheté.

— Vous porterez cela, dit-il, à M. Lenoir et ensuite vous conduirez monsieur, ajouta-t-il en montrant le pasteur, chez Babin.

— Adieu, monsieur Jarousseau. Demain à six heures du matin. Vous serez levé, n'est-ce pas?

— A quatre, si vous voulez.

Le pasteur sortit ; il remarqua en partant que Malesherbes glissait un mot à l'oreille du laquais.

CHAPITRE XX

LA BOUTIQUE DE BABIN

Il y avait sous Louis XV un homme célèbre à Paris ; il portait le nom de Babin et le titre de costumier de Sa Majesté. Il demeurait rue du Temple dans un vieil hôtel orné d'un écusson fleurdelysé. Il possédait un assortiment complet de costumes de bal et de cérémonie. Il mourut au faîte de sa gloire peu de temps après la chute du ministre Choiseul ; il légua sa maison, par testament, à sa veuve, ancienne revendeuse à la toilette.

Madame Babin entendait le commerce, elle prêtait sur gage ; quand une femme de la cour perdait au jeu, l'ancienne revendeuse venait généreusement au secours de madame la duchesse ou de madame la marquise. Elle ne tolérait pas de commis dans sa maison, elle n'admettait que des demoiselles de magasin.

Lorsque le domestique de Malesherbes introduisit
le pasteur dans la maison de madame Babin, l'apôtre
de Saintonge éprouva un sentiment de malaise. La
première pièce située sur la rue ne contenait que des
costumes de bal masqué de tous les temps et de tous
les pays : Hongrois, Polonais, sauvages, Espagnols,
des vertugadins risibles, des fraises à la Henri IV, des
soubrevestes éblouissantes de pierreries, des gilets
de peau de phoques, en un mot des caricatures d'habits, le tout pêle-mêle au milieu d'une cohue de costumes d'arlequins, de polichinelles, de colombines,
de dominos. Ces défroques pendaient au clou le long
des lambris, et suintaient une odeur malhonnête ;
toutes ces guenilles avaient dansé au carnaval dernier,
soit à Paris soit à Versailles.

De cette première boutique le pasteur passa dans
un salon richement décoré de glaces et de peintures
de Boucher; il crut voir la cour moins les courtisans ;
il y avait là des habits, mordorés, écarlates, brodés
sur toutes les coutures, d'or et d'argent, des cordons
bleus du Saint-Esprit, des moutons émaillés de la
toison d'or, des croix de Saint-Louis, des épées de
toutes dimensions, à poignées de nacre ou d'argent
niellé, des robes à ramages, des flots de dentelles, des
rubans artistement étalés, des manchons de zibeline,
et sur la devanture d'une vitrine le pasteur put lire :
Robe de madame de Pompadour à louer; il pouvait

lire d'un coup d'œil l'histoire secrète des grandeurs et des misères de la noblesse.

A peine avait-il mis le pied dans cette friperie dorée qu'une demoiselle coquettement mise et d'une figure agréablement chiffonnée, s'approcha de lui, et, avec le sourire obligatoire de sa profession :

— Que désire monsieur?

Le pasteur la regarda d'un air embarrassé; il avait précisément oublié ce qu'il désirait; il consulta de l'œil le domestique de Malesherbes.

— Monsieur désire, reprit le laquais, un costume du tiers-état pour une audience de Sa Majesté.

La demoiselle tira de sa poche un ruban gradué qui représentait une aune avec ses divisions; elle mit familièrement la main sur l'épaule du pasteur pour le mesurer.

Le pasteur recula de deux pas.

— Que me veut cette effrontée? murmura-t-il intérieurement.

— Il faut pourtant bien que je prenne votre mesure, lui dit la demoiselle, pour vous donner un costume à votre taille.

Cette réflexion éminemment pratique désarma le pasteur; il consentit à livrer sa personne.

La demoiselle le mesura consciencieusement dans tous les sens, en long, en large; elle tournait et retour-

nait le pasteur avec autant d'aisance qu'un manne-
quin.

Quand elle eut fini, le pasteur respira et crut à sa
délivrance.

Mais la demoiselle alla chercher une perruque
poudrée dans une armoire et l'ajusta sur la tête du
pasteur.

— Je n'ai jamais porté cette chose, lui dit le pasteur
en essayant de rejeter la coiffure.

— C'est le complément obligé de la tenue du tiers-
état.

L'homme de l'Évangile subit encore cette dernière
exigence de l'étiquette; il portait d'habitude de longs
cheveux flottants sur ses épaules. La demoiselle passa
derrière lui pour examiner l'effet du catogan, le
pasteur sentit tout à coup comme le froid de l'acier;
c'était la demoiselle qui enlevait traîtreusement d'un
coup de ciseaux l'excédant de sa chevelure.

— Que faites-vous? lui dit-il.

— Il ne faut pourtant pas laisser passer ces mèches
sous la perruque.

Le pasteur pensa involontairement à l'histoire de
Samson et de Dalila.

Son supplice était terminé: le laquais emporta dans
une enveloppe d'étamine le costume du tiers état,
paya d'avance la location et reconduisit le bonhomme
Jarousseau à l'hôtel de la *Providence*.

Le lendemain, au petit jour, le pasteur revêtit le costume du tiers-état : habit, veste et culotte de satin noir avec l'épée à pomme d'acier. Il y eut cependant un problème de sa toilette qu'il ne put résoudre. C'était une longue bande noire terminée par un collet d'un pied de largeur ; mais l'hôtesse de la *Providence* voulut bien venir à son aide ; la bande noire était une espèce de simarre qu'on portait dans le dos attachée avec quatre épingles.

Huit heures venaient à peine de sonner à l'église des Théatins, que le pasteur Jarousseau, déguisé en tiers état et affublé, hélas ! à son corps défendant, d'une épée en sautoir, galopait triomphalement en chaise de poste, à côté de Malesherbes, sur la route de Versailles, au milleu d'un tonnerre de claquements de fouet. Jamais le modeste serviteur de l'Évangile n'avait autant ébranlé l'air sur son passage, ni fait de sa vie autant de poussière. Emporté comme dans un tourbillon, il cherchait en ce moment à constater son identité, et après avoir passé presque tout le temps de son voyage à rêver, il croyait véritablement alors rêver pour la première fois.

Mais, par un violent effort sur lui-même, il médita froidement sa situation. Certes, il aurait marché sur les charbons ardents pour rendre témoignage de sa croyance, car il avait la témérité sacrée du martyr et de plus la conviction intime qu'il allait porter là, tout

à l'heure, dans ce château, à un homme de chair
comme lui, la sommation du Dieu vivant.

Et pourtant, lorsqu'il entra dans l'avenue de Versailles, il eut une minute de doute qu'il appela plus
tard sa tentation du Jardin des Olives. Il allait pénétrer dans ce miracle de la pierre taillée, qu'une vague
rumeur, apportée par le vent jusque sur la falaise de
son village, représentait infini, éblouissant, revêtu de
lames d'or comme le palais de Salomon, entouré de
terrasses, de gradins, de statues et de volcans aquati-
ques qui vomissaient des fleuves en l'air pour les recevoir ensuite en cataractes au fond de leurs bassins.

Il se voyait humble et tremblant dans une salle plus
vaste que la plage de Saint-Georges, en face du maître, majestueux, brodé, froid, le sourcil haut comme
le pouvoir, au milieu d'une escorte étincelante de
courtisans, de marquis poudrés et pailletés, de belles
dames, de duchesses décolletées, vermillonnées, mou-
chetées, déterminées d'avance à rire derrière l'éven-
tail, et même à sa barbe, de sa timidité ou de sa gaucherie, et la crainte de ces rires l'humiliait jusque
dans sa dernière fibre, non pas pour lui, Dieu merci!
car il mettait sa vanité ailleurs, mais pour la grande
idée de liberté qu'il allait défendre à la place même
où cent ans auparavant le père Letellier donna le signal de la persécution, et lança l'interdit sur l'élite
industrielle du royaume.

En faisant ainsi dans son esprit la répétition de cette scène encore inédite, entre un roi de France et un simple prédicant de Saintonge, il éprouvait une sorte de malaise et il sentait déjà les périodes si méthodiquement et si habilement agencées de son Mémoire flotter en tumulte devant son esprit. La parole allait peut-être lui faire défaut! Cette supposition le glaça de terreur.

Si encore il avait gardé son costume ordinaire, son habit de camelot, son gilet à bandes bleues et rouges alternées, sa personnalité, enfin, écrite sur son corps dans une étoffe de son choix et à sa convenance!

Mais avec cet habit de satin et avec cette épée monstrueuse, — car il avait payé assez cher le droit d'avoir horreur du sang versé, — il était un autre homme, un homme d'emprunt, un homme loué au magasin pour un écu, destitué, démonétisé, dégradé de sa nature humaine, marqué d'un signe comme le bétail, évanoui, remplacé par un uniforme. Du moment qu'un homme revêt un habit à part, il revêt du même coup une âme de convention, par je ne sais quelle harmonie secrète de la forme et de l'idée.

Ah! l'étiquette des rois, murmura le pasteur, a des sens plus profonds que je ne croyais.

CHAPITRE XXI

LE DOCTEUR FRANKLIN

La voiture franchit la grille du château et fit halt
devant la cour de marbre. Malesherbes descendit l
premier; le pasteur essaya de le suivre, mais il n'a
vait pas tenu compte de son épée, elle avait accroch
la portière, et le tenait en quelque sorte suspendu su
le marchepied. Il fallut qu'un laquais vînt le délivrer

L'apôtre jeta en débarquant un coup d'œil au châ
teau; cette façade de briques rouges de l'ancien pied
à-terre de Louis XIII avait un air de bonhomie; il e
éprouva une impression de soulagement. Il regard
l'horloge installée au sommet; il lui parut qu'ell
avançait : il porta involontairement la main à sor
gousset pour en contrôler l'exactitude. Hélas! sa mon
tre était toujours absente.

— Cette horloge ne va pas, dit-il à Malesherbes.

— Elle ne va jamais.

— A quoi peut-elle servir?

— A marquer la même heure pendant toute la durée d'un règne.

— Pourquoi la même?

— Parce que c'est l'heure où un roi rend le dernier soupir; et on la laisse immobile sur le cadran jusqu'à la fin du règne suivant.

— Dieu ait son âme! reprit le pasteur.

— Voyez-vous ce balcon, ajouta Malesherbes. Sitôt qu'un roi vient d'expirer, le premier gentilhomme ouvre la croisée et crie trois fois au peuple : Le roi est mort! et il brise sa canne; puis il en prend une autre et il crie : Vive le roi! Le peuple répète le cri et ne l'a jamais répété avec plus d'enthousiasme qu'à l'évènement de Louis XVI, notre bien-aimé souverain actuellement régnant.

— Dieu veuille lui conserver l'amour de son peuple! ajouta le pasteur.

Malesherbes prit à main droite sous une voûte ; il conduisit d'abord son protégé dans une petite cour obscure, occupée par un corps-de-garde ; il passa ensuite dans une seconde cour qui semblait appartenir à une vénérable auberge de province. Au rez-de-chaussée il n'y avait pas d'ouvertures, mais en revanche, sur sa façade exposée au midi, il y avait des signes cabalistiques ou trigonométriques qui devaient

PELLETAN   10

représenter quelque opération d'astronomie, à moins que ce ne fût d'astrologie. Cette cour déserte était entourée au premier étage d'une galerie en planches garnie d'une grille de fer forgé en style Pompadour et soutenue par des barres contournées en consoles. Au-dessus de la galerie un disque de cuivre percé au milieu figurait un cadran solaire ou bien un méridien, le pasteur ne sut pas faire la différence. En face du cadran et au sommet du comble montait une espèce de tour à pans coupés qui dominait les combles du château.

Malesherbes traversa cette cour qui payait trop peu de mine pour effrayer l'imagination du pasteur; il ouvrit une porte basse et, après avoir fait signe à son compagnon de le suivre, il monta un petit escalier borgne avec des marches de briques bordées de chêne; cet escalier aboutissait à la galerie; à la première porte à droite en entrant, Malesherbes poussa un ressort caché dans la boiserie et il introduisait le pasteur dans une pièce assez basse qui pouvait passer à la rigueur pour une antichambre.

Il y avait là une espèce de paysan en veste brune, en cheveux plats, flottant dans le dos, en souliers ferrés couverts de boucles d'étain, qui sollicitait sans doute aussi une audience du roi, et qui, pour tromper le temps, traçait une figure mystique sur le parquet avec un bâton de cornouiller. Malesherbes serra en passant

la main de l'Archimède rustique et retourna dans la
galerie, pour aller prévenir sans doute le roi de l'arrivée du pasteur.

Cette poignée de main d'un ancien ministre à un
homme qui sur l'étiquette pouvait tout au plus passer
pour un jardinier du château surprit le pasteur : il
examina plus attentivement son compagnon d'antichambre. Le jardinier supposé avait le front bossué,
l'œil à fleur de tête, la bouche fine, la lèvre spirituelle,
la joue flasque, le cou gros, ridé et rattaché au menton
par un goître qui n'était que de l'embonpoint. Plus le
pasteur examinait cette physionomie à la fois ouverte
et méditative, plus il sentait en lui une sorte d'affinité
secrète pour l'inconnu.

Il mit à profit ce rapide instant de tête à tête avec
un homme comme lui, un homme du peuple, pour reprendre possession de lui-même et retrouver sa liberté
d'esprit. Il commença par déposer son épée, qui lui
pesait comme une prévarication à son état, par débou-
tonner son habit, par entr'ouvrir sa veste et aspirer
l'air à pleine poitrine.

— Je respire! murmura-t-il avec une expression de
soulagement.

Et il procéda à l'inspection de l'antichambre.

Le palais du roi Salomon, il faut bien l'avouer, était
passablement rassurant au premier aspect. Cette antichambre à la vérité était ornée de banquettes de velours

et de lambris peints au blanc de céruse, mais couverts
de délicates sculptures dorées avec des carquois en
sautoir dans chaque cartouche; le pasteur ne comprenait pas le sens de ces carquois et, s'il l'eût soupçonné,
le parquet lui eût brûlé le pied. Cette pièce avait servi
de boudoir. Sur les panneaux du lambris, on avait
collé à hauteur de tête de grands tableaux écrits à la
main et divisés par colonnes. Le pasteur essaya d'en
déchiffrer quelques-uns, mais il avait beau passer de
l'un à l'autre, il ne pouvait parvenir à en pénétrer le
mystère.

A la première colonne, il y avait ces mots : Versailles , Sénart, Fontainebleau , Rambouillet, Marly,
Saint-Germain ; à la seconde colonne : janvier, février, mars, avril, enfin les douze mois de l'année ;

A la troisième colonne, une véritable nomenclature
d'histoire naturelle : lièvres, perdrix, faisans, cerfs,
sangliers, chevreuils, et finalement, à la quatrième
colonne, des chiffres, et au bas une addition.

Ces tableaux n'étaient pas évidemment des calen-
driers, car, jusqu'à présent, Fontainebleau ni Marly
n'ont été des signes du zodiaque ; ce n'étaient pas non
plus des recensements du gibier errant dans les forêts
de la couronne, car, à la rubrique de Fontainebleau,
on n'avait inscrit qu'un lapin. Or, pourquoi un seul
lapin dans toute une forêt, et pourquoi encore au
mois de mars plutôt qu'au mois de février?

L'objection était sérieuse; le pasteur trahit sans doute par un mouvement d'épaules qu'il la trouvait insoluble.

L'homme à la veste brune crut devoir charitablement intervenir.

— Vous ne comprenez pas ce grimoire? dit-il avec un accent légèrement étranger. Ce sont les grandes chroniques des chasses royales. Le roi fait dresser, chaque année, la statistique des sangliers et des lièvres qu'il a tués. Voilà quatre années fertiles, comme vous voyez.

A ce moment le pasteur sentit tout à coup le parquet trembler sous son pied; il entendit un bruit tantôt sourd, tantôt éclatant, vibrer à l'étage supérieur avec la cadence inégale du coup de marteau sur l'enclume.

— Est-ce qu'il y a une forge ici? dit-il du ton d'un homme légitimement rentré cette fois-ci dans son droit de surprise.

— Il ne tiendrait qu'à vous de croire, avec un peu de mythologie, que vous touchez à l'Olympe et que vous avez un premier écho de Vulcain occupé à forger la foudre de Jupiter; mais je dois vous confesser en toute sincérité que vous entendez simplement l'enclume de Gamin.

— De Gamin? répéta machinalement le pasteur avec un redoublement de stupeur, car il ne comprenait

10.

pas ce qu'un homme du nom de Gamin pouvait faire dans ce palais.

— Oui, le maître du roi, et par parenthèse il traite assez rudement son écolier. Mais chut ! j'entends venir Duret.

Duret était le valet de chambre du roi, et jusqu'à un certain point son homme de confiance.

— Sa Majesté vous attend, dit-il aux deux sollici-teurs. Il les mena par la galerie à ce qu'on appelait alors les petits appartements ; il tourna le bouton en cuivre finement ciselé de la porte d'un salon qui, par l'incohérence des ornements et la confusion des meu-bles, ressemblait au magasin d'un commissaire-pri-seur. Les lambris, dorés à la vérité, étaient ornés de glaces dans toute leur hauteur, mais les glaces étaient couvertes de feuilles de papier et de dessins au lavis qui représentaient des plans et les machines hydrauli-ques, ici de la jetée de Cherbourg, là du canal de Bourgogne. Une mappemonde cyclopéenne d'une toise de diamètre occupait le milieu de la pièce, et autour du globe géant, des éditions de Didot à moitié sorties de leur étui de maroquin, des cartes de géogra-phie, des télescopes, des serrures, des bilboquets, des casse-noisettes, des jeux de quilles, tous les chefs-d'œuvre réunis de l'art du tourneur, étaient anarchi-quement étalés sur le tapis. Le pasteur examinait de-puis un quart d'heure ce précieux musée de bimbeloterie lorsque Duret cria d'une voix solennelle :

— Le roi ! messieurs.

En effet, un homme entrait par une porte latérale, suivi de M. Malesherbes. Il tourna vivement la tête à droite du côté du pasteur.

— Monsieur Jarousseau, je vous salue.

Le pasteur s'inclina profondément.

Le roi tourna la tête à gauche avec la même rapidité.

— Bonjour, docteur.

L'homme à la veste brune s'inclina à son tour.

— Le jardinier de ma première version pourrait bien être le médecin de Sa Majesté, pensa le bonhomme Jarousseau en glissant un regard à l'inconnu.

Le roi se tenait debout devant la cheminée, les jambes écartées, il se balançait tantôt sur l'une, tantôt sur l'autre, comme si la Providence avait voulu transcrire en quelque sorte dans la personne physique la perpétuelle oscillation de son esprit.

Il y eut un moment de silence pendant lequel le roi, visiblement embarrassé, cherchait à ouvrir la séance, et, en attendant l'inspiration encore absente, rabattait ses parements d'habit retroussés pour un travail de manœuvre. Le pasteur put donc contempler à la dérobée cette majesté royale qui lui était souvent apparue à travers les visions bibliques comme le reflet terrestre de la Divinité.

CHAPITRE XXII

LE ROI

Louis XVI portait ce jour-là un habit couleur pêche, indécis entre le blanc sale et le rose fané, brodé de soie bleue au collet et sur chaque boutonnière, une perruque dépoudrée terminée par un catogan à moitié détaché, une paire de manchettes chiffonnées et noircies par la fumée du charbon.

A l'aspect d'un monarque si négligé, le pasteur eut une mauvaise pensée. Malesherbes aurait-il voulu lui faire une mystification en le conduisant au logement de quelque ouvrier du château? Il prit la détermination d'accepter l'habit couleur pêche à titre seulement de roi provisoire et sous bénéfice d'inventaire.

Cet homme debout devant lui avait à peine de vingt-cinq à trente ans et paraissait en avoir quarante, grâce au volume de sa corpulence. Il pouvait bien y avoir par moment quelque chose de royal dans son port de tête, il paraissait regarder de si haut que son regard devait porter jusqu'à l'extrémité du royaume ; mais son œil d'un bleu pâle, sa figure arrondie, son menton enfoncé dans un coussin de graisse précoce, tout cela donnait on ne sait quoi de vague et de mou à la physionomie.

Après avoir longuement réagi en silence contre sa timidité, Louis XVI finit par trouver une parole.

— Monsieur Jarousseau, que me voulez-vous ? dit-il d'un air profondément ennuyé.

— Sire, je viens déposer aux pieds de Votre Majesté les prières des protestants de Saint-Georges-de-Didonne, les fidèles sujets de votre province de Saintonge, et lui dire avec toute la vénération recommandée par Dieu lui-même pour l'homme établi sur notre tête : premièrement que la persécution religieuse est contraire à l'Évangile, secondement qu'elle est injuste, troisièmement qu'elle est impolitique.

— Et quatrièmement, — interrompit Louis XVI, qui cherchait à mettre de la fermeté dans son rôle de roi par une tension de volonté, et qui, par l'effort même de cette tension, dépassait presque toujours le but, — que mes ancêtres et moi nous sommes des aveugles condamnés à faire le mal de père en fils, sans en apercevoir les conséquences. Je sais d'avance l'homélie que vous allez me débiter, monsieur le pasteur,

j'en ai les oreilles rebattues. J'ai lu votre lettre, et
avant votre lettre, une montagne de mémoires. Je
suis médiocrement touché de vos raisons ainsi que
des raisons de vos alliés les philosophes. J'ai juré d'abattre l'hérésie. Je tiendrai parole. Je veux avant tout la
tranquillité dans mon royaume. Je n'aurais qu'à vous
rendre vos temples, vos assemblées, et pour pousser
la logique jusqu'au bout, ajouter au cadeau de la
liberté de conscience le cadeau tout aussi sacré de la
liberté de pensée, et avec l'impiété courante, avec
l'agitation des esprits poussés de toutes parts aux
nouveautés, l'étranger chercherait bientôt dans la
France incendiée la place du trône de Saint-Louis.
On ne peut pas adorer deux Christ chez moi ; je dois
rendre compte à Dieu, sur chacun de mes cheveux,
de l'intégrité de la foi que j'ai reçue en dépôt. Est-il
donc si difficile d'aller à la messe, et d'y prier comme
le monde a prié depuis dix-huit cents ans sans interruption ? J'y vais bien, moi.

Cette brusque entrée en matière avait décontenancé
le pasteur. Il demeura un instant pétrifié sans trouver un mot de réponse : le méthodique discours était
envolé de sa mémoire.

— Le Saint-Esprit m'abandonne, pensa-t-il, pour
me punir sans doute d'avoir débuté par la raison.

Sous la pression du danger, son cœur fondit d'un
coup et passa tout entier dans une suprême invocation.

Il sentait qu'il y allait en ce moment de la vie et de la mort de tous ses frères de croyance.

— Que me veulent, en définitive, les protestants ? reprit Louis XVI avec une nouvelle animation. Ils crient, les philosophes crient comme eux qu'ils sont opprimés. Je ne fais plus garder ni fermer ma frontière : ils peuvent aller boire partout leur vin, manger leur pain bénit et emmener avec eux leurs enfants, leurs femmes, leurs bibles et leurs richesses. Qu'ils partent donc, quisqu'ils trouvent la France trop étroite pour leur genre d'existence ! La porte est ouverte. Qui les retient ? Mais ils aiment mieux être factieux d'intention, sinon de fait, et remplir l'État de leurs gémissements. Eh bien ! ajouta-t-il en élevant la voix, je ne souffrirai pas de rebelles dans mon royaume. Prenez acte de cette parole ; et si j'accomplissais aujourd'hui mon devoir de fils aîné de l'Église et de roi fidèle à mon serment, je devrais vous envoyer en place de Grève pour être contrevenu à mes édits. Que diriez-vous à cela ? Voyons, répondez.

Le pasteur tendit le bras à son voisin.

— Tâtez mon pouls, docteur, et dites au roi si j'ai une pulsation de plus.

Puis, regardant Louis XVI avec cette sérénité auguste de la pensée qui semblait en ce moment changer la royauté de place et la mettre de son côté :

— Je marcherais au-devant de ma dernière heure

avec le calme que vous me voyez, sire, et j'irais vous attendre là-haut. Voilà ce que j'ai à vous répondre.

Et comme il crut voir à cette parole un léger sourire passer sur la figure du docteur, la pensée d'une mystification probable le reprit involontairement, et regardant Louis XVI en face, il ajouta :

— Vous n'êtes pas le roi ?

Louis XVI regarda fièrement le pasteur.

— Qu'avez-vous dit, monsieur Jarousseau ?

— J'ai voulu dire que le roi ne parlerait pas ainsi.

L'œil de Louis XVI lança un éclair qui mourut aussitôt, et sa physionomie revêtit une expression de tristesse résignée qui semblait avouer le mot du pasteur ; mais relevant ensuite la tête et grandissant sous la contradiction de toute la hauteur mystérieuse d'une dynastie :

— Comment l'entendez-vous ? reprit-il avec un sentiment de dignité transmise et accumulée de siècle en siècle sur un front marqué dès le berceau pour le commandement.

Le pasteur n'y fut plus trompé, et, rappelant à lui toutes les forces de son âme et toutes les vertus de sa vie, comme pour puiser en elles une nouvelle vigueur : — Sire, chaque soir et chaque matin de la journée, je fais mettre à genoux mes six enfants, car j'en ai six par la bénédiction du Seigneur et tous bien venants pour le service de Votre Majesté, et je leur dis : Priez pour

notre roi, qui est le père commun du peuple ; il est
bon, il est juste, il sera pour tous ses fils un glaive de
prédilection et non de colère, et Dieu lui ouvrira
le cœur pour les douces brebis que l'on tue en son nom
et que dans sa bonté et dans sa justice il ne doit pas
vouloir immoler. Dites ensemble, mes enfants, car
en passant par votre lèvre toute parole est plus sainte,
dites : Divin Seigneur, mets ta main sur la tête de
notre prince, ton esprit dans son esprit ; conduis ce
berger des hommes à ta gloire et à la gloire de ce
royaume. Pénètre-le de ta tendresse, parfume-le de ta
miséricorde, enveloppe-le tout entier de ton sourire
comme d'un manteau de grâce, car toi seul, ô grand
juge des âmes ! es chargé de reconnaître les tiens et
de mesurer les parts de toutes les consciences !

Et les enfants ont joint leurs mains, ils ont prié, et
leurs prières sont arrivées, car toutes ont un chemin
tracé dans le ciel comme les étoiles, et Dieu, à l'heure
qu'il est, a touché sans doute le cœur du roi et lui a dit,
avec cette parole qui ne fuit pas comme un son, mais
qui dort ensuite au fond de l'âme, si bien qu'en accom-
plissant la vertu, nous ne faisons que réveiller cette
parole d'en haut... oui, Sire, Dieu a dit à ce maître
d'une partie de la terre : Tu as un million de sujets,
tes enfants, les miens, humbles d'esprit, laborieux,
fidèles, pieux, austères dans leur existence ; ils ne
demandent qu'une chose, le droit d'être ce qu'ils sont

et de m'en remercier publiquement, moi, votre Dieu
à tous, qui n'ai confié ma colère ni remis ma vengeance à personne.

Le pasteur fléchit le genou.

— Ah ! sire , aidez-moi à retrouver mon roi, le roi
que j'ai appris à aimer dans le désert, et non pas celui
que j'ai entendu tout à l'heure et que j'ai eu raison,
n'est-ce pas ? de ne pas reconnaître. Je ne me suis
jamais ainsi tenu devant aucun homme vivant, par-
donnez-moi cette parole ; ce n'est pas de l'orgueil, cela,
c'est simplement du respect pour celui qui a seul droit
de nous voir à genoux. Mais par la poussière que j'es-
suie en ce moment, et qui sera notre part commune
dans la tombe, je vous en conjure, ne retenez pas plus
longtemps votre cœur, qui va de lui-même au-devant
de la justice, car à votre émotion je vois la miséricorde du Seigneur me sourire derrière vous et m'en-
courager du regard. Laissez-la donc passer, cette fille
céleste du Christ, et votre nom, j'en fais d'avance
le serment, sera grand parmi les chrétiens, grand
comme l'Évangile.

Le roi, peu à peu gagné par cette éloquence du
cœur qui le prenait à l'improviste, en dehors de toute
étiquette reçue, et entrait d'autorité dans son propre
cœur comme une surprise à sa bonté, pâlissait, rougis-
sait et cherchait vainement à maîtriser son émotion,
que, par préjugé d'éducation ou de nature, peut-être

même des deux à la fois, il tenait en conscience pour une diminution de la dignité royale, car un roi est d'autant plus un roi qu'il est moins un homme, et que sur sa figure toujours immuable le regard de la foule ne peut rien lire d'humain. Sans cela, il risquerait d'être confondu avec le reste de l'espèce et d'être pesé dans la même balance.

— Monsieur le pasteur Jarousseau, dit-il d'un ton de tristesse prophétique, levez-vous ; le temps approche où l'on ne parlera plus aux rois à genoux.

Puis, comme répondant à une pensée intérieure, il ajouta d'un ton légèrement empreint d'amertume contre l'injustice de la destinée :

— Que me veut-on et pourquoi vient-on me relancer ainsi de toutes parts jusqu'au fond de ce réduit où chaque jour, las de marcher dans un rêve prodigieux, comme un fantôme, je viens chercher mon heure à la dérobée et vivre enfin à mon tour ? On sait que j'ai quelque chose là, on le dit du moins.

Il mit la main sur sa poitrine.

— Et tout le monde frappe dessus à tour de rôle avec une merveilleuse aisance. On vient de l'extrémité de sa province me demander couramment la liberté de conscience, comme si moi, fils de saint Louis, marqué au front par le doigt de l'Église, et chargé de la défendre, je pouvais aujourd'hui laisser l'hérésie glisser sa main dans ma main, pour essuyer mon ser-

ment et dresser dans mon royaume autel contre autel. Et ce n'est pas encore assez; voici que tout à
l'heure peut-être on va me demander de prêter une
escadre, une armée à une insurrection, et une insurrection de la pire espèce, une insurrection républicaine, et moi, roi de huit siècles tous ressuscités dans
ma personne, dont le métier probablement est d'être
royaliste, j'irai enseigner à mon peuple le moyen de
passer un jour à la république par le chemin sanglant
d'une révolution! J'ai trop de cœur pour ce métier;
j'y périrai, vous le verrez, monsieur de Malesherbes,
et je vous entraînerai dans ma chute, tout philosophe
que vous êtes, vous le verrez aussi.

En disant ces mots, il leva la tête vers un portrait
de Charles Ier suspendu à la muraille et le regarda un
instant d'un air rêveur.

CHAPITRE XXIII

LE SERRURIER GAMIN

Un silence profond avait succédé à ce mélancolique aveu d'impuissance, plus douloureux encore dans la bouche de la royauté.

On n'entendait au-dessus du plafond que la cadence de plus en plus précipitée et sonore du marteau sur l'enclume.

— Entendez-vous ? reprit le roi arraché par cette recrudescence de bruit à sa méditation. Il y a là-haut un ouvrier, le premier de son état, qui n'a à traiter, lui, qu'avec le fer, et qui le pétrit et le façonne à son gré, et, son œuvre finie, ôte son habit, embrasse sa femme et dort en paix, car jamais une minute de sa journée n'a coûté, n'a pu coûter une larme à un enfant.

Puis, craignant de pousser trop loin la comparaison, il ajouta brusquement :

— Monsieur Jarousseau, vous pouvez vous retirer ; je vous ferai porter mes ordres demain.

Le pasteur s'inclina de nouveau et se retira dans la direction de l'antichambre. Mais depuis une heure, il faut croire, le salon où un humble proscrit avait eu l'honneur de parler à un roi avait été renouvelé par quelque opération de magie. Car à la place de la porte par laquelle il était entré, il trouva une fenêtre interminable qui montait d'un seul jet du parquet au plafond ; seulement les vitres étaient des glaces, et à chaque pas que le pasteur faisait vers la sortie il voyait dans une infinité de miroirs une multitude d'hommes qui venaient à sa rencontre et qui portaient aussi un costume de tiers état, habit, veste et culotte de satin noir, et en contemplant de la tête aux pieds cette figure étrange multipliée à l'infini et embarrassée dans son épée, qui ouvrait la bouche et tournait de côté et d'autre un regard troublé, il recula devant son propre fantôme comme devant un étranger, tant il doutait en ce moment de la réalité de son existence.

— Car enfin, disait-il en mettant la main sur son front de ce geste inquiet qui semble chercher la dernière trace de l'idée envolée, je suis entré par là, il y avait une porte là, je l'ai vue, je l'ai touchée ; un esprit invisible aura sans doute soufflé dessus.

Pour comble d'infortune, cette partie du salon était masquée par l'immense rotondité de la mappemonde, de sorte que ni le ministre, ni l'homme à la veste brune, resté en conférence avec le roi, ne pouvaient voir l'embarras du pasteur et venir à son secours. Il entendit donc malgré lui la suite de la conversation.

— Monsieur l'ambassadeur, reprit Louis XVI, dites ce que vous avez à me communiquer, et veuillez, je vous prie, abréger le plus possible, car j'ai déjà prolongé la conversation, et je crois qu'on m'attend.

Et en effet, la porte du fond s'ouvrit à moitié et une tête noire de fumée de charbon et coiffée d'un bonnet, s'avança par l'ouverture.

— *La France*, dit-il en parlant à Louis XVI, le fer chauffe.

Le roi voulait porter ce nom de guerre dans la compagnie de Gamin, pour être en quelque sorte plus près de l'ouvrier.

La tête disparut, et la porte retomba sur la mystérieuse apparition.

— Monsieur l'ambassadeur ! répétait mentalement le pasteur Jarousseau. Le jardinier de la première minute, passé depuis à l'état de docteur, est donc maintenant monté d'un grade et devenu tout à coup un ambassadeur, et roi et ambassadeur, tout le monde est donc dégénéré ou déguisé comme dans un bal masqué? Mais il y a sûrement un mystère sous ce déguisement universel. Si j'allais surprendre quelque secret d'État et passer ensuite pour un espion !

Il toussa légèrement pour avertir de sa présence; mais personne ne parut l'entendre.

— Sire, répondit l'homme à la veste brune, je n'ai à vous faire aucune communication.

— Pourquoi alors êtes-vous venu?

— Pour rappeler à Votre Majesté la promesse qu'elle a bien voulu me faire, il y a déjà deux mois, d'envoyer...

— Une escadre, reprit le roi d'un ton brusque, et de plus un corps de débarquement, mais la chose demande réflexion. Vous vous entendrez pour cela avec mon ministre des affaires étrangères, mais en maison tierce, n'est-ce pas? et non à l'hôtel du ministre.

Il mit le doigt sur la lèvre.

— Adieu, Monsieur.

Louis XVI alla rejoindre dans le comble du palais l'apparition plébéienne qui venait de le rappeler au travail.

Le ministre et l'ambassadeur reprirent de leur côté la direction de l'antichambre et aperçurent le pasteur toujours immobile, toujours confondu d'étonnement devant la fenêtre enchantée et devant son image.

— Il n'y a plus de porte, Messieurs, cria-t-il en les voyant venir.

Malesherbes sourit de la simplicité de l'apôtre, passa la main sur le panneau et la fenêtre tourna sur elle-même, emportant dans son mouvement de rotation le reflet tumultueux des meubles renversés les uns sur les autres, et, à la place de son spectre, le pasteur vit apparaître un vide qui figurait une ouverture et qui lui montrait la délivrance.

— Je n'aurais jamais deviné cela, dit-il modestement, j'avais toujours cru sur mon coin de terre qu'une glace était uniquement faite pour mettre sa cravate.

— Et vous aviez bien pensé, reprit l'homme à la veste brune, car cette façon de faire une porte d'un miroir est une invention ridicule qui brouille à l'en-. trée ou à la sortie toutes les lignes d'un appartement et toutes les idées du spectateur. Quoi qu'il en soit, je m'applaudis de l'incident, il m'a donné l'occasion de vous serrer la main, car nous sommes l'un et l'autre compagnons de la même œuvre, à ce que je viens d'apprendre.

— Vous êtes aussi pasteur? reprit le bonhomme Jarousseau, qui commençait à prendre en habitude et à accepter sur parole les métamorphoses à vue d'œil du mystérieux inconnu.

— Pas précisément; je suis le missionnaire de la liberté politique, comme vous êtes le précurseur de la liberté religieuse.

— Et vous vous nommez?

11.

— Benjamin Franklin.

A ce nom, le pasteur croisa les mains.

— Maintenant, Seigneur, tu peux envoyer ton serviteur en paix, mes yeux ont vu et mes mains auront touché le prophète d'une nouvelle terre promise. Nous ne sommes pas seulement compagnons, nous sommes frères d'idées. Embrassons-nous donc au nom de notre père commun, le Dieu de la liberté.

Ils se jetèrent dans les bras l'un de l'autre et se donnèrent l'évangélique baiser des Douze au moment de partir pour aller semer aux quatre vents du monde la bonne nouvelle.

Malesherbes regardait avec la gravité d'un attendrissement philosophique sagement contenu au dehors, ces deux hommes venus des deux bouts du monde, longtemps séparés par toute la largeur de la mer, et maintenant unis dans la fraternelle étreinte d'une même conviction.

— Mes amis, dit-il, je ne puis vous embrasser à mon tour; je suis né trop tôt et dans un camp que l'honneur me défend de quitter. Je ne puis saluer la liberté que de loin et de la main seulement, mais je l'aimerai, je la bénirai toujours, dussé-je mourir pour elle, ce qui est plus probable. *O utinam ex vobis unus!...* Vous savez le latin de Virgile, monsieur Jarousseau?

Le pasteur secoua la tête.

— Et vous, monsieur Franklin ?

— A peine.

— Eh bien ! plût à Dieu que j'eusse été des vôtres !
j'aurais gardé le même troupeau et vendangé la même
vigne. Mais laissons de côté l'avenir et songeons au
présent. Vous déjeunez, n'est-ce pas, à mon appartement ? Je vous garde toute la journée, monsieur
Jarousseau ; pendant ce temps-là, vous visiterez
Versailles, ce gigantesque tombeau, je le crains bien,
de la monarchie. Dieu me préserve d'être prophète,
mais sous chacun de ces monuments qui ont dévoré,
pour le caprice d'un seul, le revenu d'un peuple, il y
a un jour ou l'autre une révolution cachée. La révolution de Luther repose dans les fondations de Saint-
Pierre de Rome, et la papauté a payé de la Réforme
une fantaisie d'architecture.

Malesherbes laissa ses hôtes dans la galerie et disparut par le même escalier borgne qu'il avait monté
une heure auparavant.

Franklin pencha la tête sur la balustrade et regardant la cour pavée :

— Voici le cirque, dit-il.

— Quel cirque ? interrompit le pasteur.

— Le cirque Romain, à cela près qu'on n'y donne
pas des hommes à manger aux lions : on a remplacé
les hommes par des cerfs et les lions par des chiens
courants.

— On chasse dans cette cour? reprit le pasteur d'un air étonné.

— A peu près; on y fait la curée.

— Qu'appelez-vous la curée?

— Une boucherie; les dames de la cour ont par moment des vapeurs.

— Et il faut les distraire?

— Vous l'avez dit; on prend un cerf aux filets et on l'apporte ici; à son arrivée le roi ou à son défaut le grand veneur entonne la fanfare; on lâche ensuite la meute sur le pauvre diable; elle n'en a bientôt fait qu'une bouchée. Pendant que ce paquet de chair informe palpite dans son sang, le piqueur en chef sonne le halali; après quoi il coupe le pied droit de la bête et le présente au roi, un genou en terre, et il reçoit pour sa peine un verre de vin dans un gobelet d'argent.

— Vous avez assisté à un pareil spectacle?

— Une fois ou deux, avec la fleur de la cour.

— Comment vous, républicain!..

— Précisément pour cela; si je n'étais parti républicain de Boston je le serais devenu à Versailles.

Cette dernière réflexion attrista le pasteur.

— J'oubliais un détail important, reprit Franklin; les dames en entrant dans la galerie doivent ôter leurs gants sous peine de les voir confisqués au profit des valets du chenil. Vous rêvez, monsieur le pasteur?...

— Non, je regarde cette tour de plâtre élevée sur la toiture.

— L'observatoire du roi ; c'est là que chaque soir à l'heure du berger, il va étudier le ciel comme Tycho-Brahé. Quelquefois aussi dans la journée il braque son télescope sur la terre et il surprend ainsi plus d'un secret ; tenez, l'enclume a cessé de vibrer et peut-être que de là-haut Sa Majesté nous lorgne en ce moment.

CHAPITRE XXIV

UN DIALOGUE

En attendant l'heure du déjeuner Franklin conduisit le pasteur sur la terrasse du jardin, et, lui montrant la façade du château développée du nord au. midi dans l'ampleur de son imposante majesté :

— Comment trouvez-vous cela? lui dit-il.

— Royal.

— Vous avez raison; mais même pour un roi il y a ici trop de pierres de taille, on pourrait y loger tous les rois de la planète. Louis XIV ne régnait pas seulement sur son royaume, il voulait encore régner sur la nature et la soumettre à son despotisme. Il n'y avait ici que des sables; il en a fait des parterres à coups de millions; il n'y avait pas d'arbres, il a déplanté les forêts voisines pour les replanter le long des allées ; il n'y avait pas d'eau, il a pompé péniblement tous ces

bassins dans la Seine et il les a amenés par des souter-
rains de plus de deux lieues de distance. Ce palais est
l'apothéose de la royauté, me disait l'autre jour un
philosophe de l'Académie.

— L'apothéose, répéta machinalement le pasteur
qui ne comprenait pas le mot et eût frémi de le comprendre.

— Et moi je lui répondis : n'en serait-ce pas plutôt
l'oraison funèbre? Il m'a été donné d'en voir une dans
cette chapelle toute resplendissante de dorure. Un cé-
notaphe gigantesque était dressé au milieu du chœur,
il était illuminé par des milliers de girandoles. Derrière tous ces feux pendaient des emblèmes, des génies,
des squelettes ; du haut des corniches retombaient de
longues draperies noires recouvertes d'écussons et
semées de larmes d'argent; les stalles de chœur étaient
occupées par la cour en toilette de cérémonie ; les
hommes causaient avec les dames et les dames agi-
taient leurs éventails. Des gardes repoussaient le
peuple à coups de hallebarde et devant cet amoncel-
lement de crêpes, d'armoiries, de devises, devant cette
illumination de cierges qui recouvraient une châsse
vide, il y avait, dans une toute petite chaire, un tout
petit homme qui prononçait une oraison funèbre.
Voilà Versailles à l'heure qu'il est, monsieur le pasteur.

— Comment se fait-il, reprit le bonhomme Jarousseau, que le roi, en possession d'une maison grande comme une ville et de chambres longues comme des places de marché, n'habite cependant qu'un tout petit coin du château et un cabinet de travail meublé avec tout l'abandon d'une boutique d'antiquaire ?

— Parlons plus bas, dit Franklin, les arbres ici ont des oreilles, et les fleurs de ces parterres ont envoyé plus d'un pauvre diable à la Bastille pour avoir entendu çà et là un mot trop libre à la volée. Le roi, mon cher pasteur, a voulu avoir un appartement réservé pour échapper à la fatigue de la grandeur, à la cour, à la représentation, à la reine surtout, cette délicieuse archiduchesse évaporée qui l'étourdit de sa pétulance et du voluptueux carillon de ses immenses falbalas qu'elle soulève et qu'elle agite autour d'elle en courant ; car d'une façon ou de l'autre, de l'esprit ou du corps, elle court toujours comme une sylphide, et ne pose à terre un instant que pour prendre sa volée. Autour d'elle poudroie au soleil, voltige, sautille, babille, une escouade charmante et rieuse de jeunes et jolies dames, avec un bruit de vielles, de grelots, dans une atmosphère embaumée d'iris, de roses pompons. Aussi, dès que la reine est allée sur la pointe du pied à sa laiterie du Petit-Trianon faire du beurre en robe de satin, le roi gagne pesamment son réduit, son chapeau rabattu sur la figure, et va forger à son aise, raboter, tourner, et après le coup du crépuscule, étu-

dier le ciel et observer la position des étoiles, car il
est à la fois serrurier, tourneur, bimbelotier, astro-
nome, géographe, que sais-je encore? tout ce qui vous
plaira, excepté souverain. Dans une république, il eût
été libre, heureux; il ferait, il vendrait des serrures; il
aurait le titre de citoyen, il voterait à sa paroisse, ce qui
lui paraîtrait le suprême degré permis de la puissance.

— Pourquoi donc alors nous a-t-il reçus dans le
mystérieux sanctuaire de sa félicité ici-bas, nous qui
ne sommes ni serruriers ni forgerons?

— Parce qu'il est obligé de nous recevoir en secret.
Vous voyez comment il nous a accueillis tous les deux,
comment il nous a écoutés, assez lestement, ce me
semble, et du bout de l'oreille. Eh bien! cependant,
si la cour savait demain qu'il nous a donné audience,
elle ferait immédiatement une émeute de palais. Tous
les cordons rouges, tous les talons rouges seraient en
l'air, pour protester, à frais communs, contre la faiblesse du monarque. Et, en fin de compte, pour
apaiser tout cela, je recevrais mon passeport, et vous
un logement gratuit aux frais de Sa Majesté.

— Le maître du royaume n'est donc pas libre d'ouvrir à qui lui plaît la porte de sa maison?

— On n'est jamais libre sur le trône quand on n'a
que la bonté.

— Je vous entends, et pas de volonté pour faire la
symétrie.

— Vous avez dit le mot. Le roi a toujours peur de sa propre bonté, comme d'une trahison envers l'État. Nous autres, simples mortels, nous mettons notre gloire à suivre en toute occasion la voix du cœur, cette haute inspiration du ciel dans l'humanité; mais il faut croire que le métier de roi est bien contre nature pour que, seul entre tous, un roi puisse regarder le plus beau mouvement de l'homme comme un danger. Voyez le contraste : tout à l'heure, quand vous parliez au roi, je l'ai remarqué, il y avait en vous une abondance, une expansion de la vie qui rayonnait sur votre front comme une couronne invisible et disait à mon regard : Celui-ci est le vrai roi, car il porte en lui je ne sais quelle confiance sacrée qui est à proprement parler la vie anticipée de l'avenir. Le vrai roi, en définitive, est celui qui vit le plus en avant, la vie ne va que dans ce sens-là, et qui puise le plus largement à l'immensité du temps et de l'espace. Mais lui, au contraire, roi de nom, et de fait moins qu'un homme, fléchissait à chaque parole sous la charge de ce rôle écrasant qui l'oblige à être un mort, Louis XIV, Louis XV, n'importe quel aïeul, tout autre enfin que lui-même, si bien que pour se sentir vivre, il a besoin de se tromper volontairement de rang, de se mêler au travail du peuple, de s'affubler d'un nom du peuple, de se faire peuple, en un mot, pour un instant. Quand la monarchie en est arrivée là, elle a mis la vie à tout prix au-dessus de la fiction et déposé à moitié la couronne.

— C'est, reprit le pasteur, que Louis XVI représente un monde qui finit et que nous représentons sans doute un monde qui commence. Mais, pour en revenir à ma question, il me semble que votre titre, votre nom, devraient vous donner droit à des réceptions officielles et avouées à la lumière du soleil. L'opinion vous salue, la noblesse vous offre son épée, la France vous applaudit ; que dis-je, la France, l'Europe tout entière ! J'en sais quelque chose, moi qui arrive du fond de ma province. J'ai entendu passer votre nom dans toutes les conversations des hommes qui regardent au delà de l'ombre de leur clocher.

— Je sais cela ; mais ne vous y trompez pas, le roi me voit en secret sous prétexte de ménager l'Angleterre ; je n'ai d'entrevue avec ses ministres que par des hasards convenus d'avance, et encore le plus souvent à l'heure des revenants. Mais, au fond, le roi n'a pour notre cause qu'une sympathie mitigée. Il sent qu'il a la main forcée, et, comme tout homme faible, il s'irrite de sa faiblesse. Heureusement pour nous, l'intérêt de sa politique le porte à saisir l'occasion inespérée de briser le traité de Paris, et il appuiera la révolution américaine en haine de l'Angleterre.

— Le roi vous aime, disent nos gazettes.

— Vos gazettes ont menti comme elles mentiront

toujours sous un régime d'arbitraire. Le roi m'accorde
le sourire qu'il accorderait à un autre, en passant, car
le sourire, voyez-vous, c'est le coup de chapeau de la
royauté, le salut à meilleur marché, qui dispense de
porter la main à la tête et d'attenter à cette immobilité
de statue qui est la beauté idéale d'un monarque.
Mais Louis XVI, je puis vous l'assurer, m'a pris en
aversion, et je vais vous en donner la preuve toute
chaude en ce moment. La semaine dernière, j'étais
allé chez la comtesse Diane.

— Qu'est-ce que cette comtesse? interrompit le pasteur.

— Vous ne connaissez peut-être pas la comtesse
Diane? C'est l'amie intime de la reine, beaucoup trop
intime à mon avis, car elle abuse de cette royale ca-
maraderie pour étendre de temps en temps sa jolie
main sur les rênes de l'État.

— Savez-vous, me dit la comtesse Diane, en me
voyant entrer, que je viens de recevoir votre portrait?

— Mon portrait court les rues et pend à tous les
étalages; je n'en tire pas vanité. (Je ne marquais aucune surprise.)

— Comme vous prenez cette nouvelle ! ajouta-t-elle
avec je ne sais quelle expression railleuse de reproche.

— Je suis un peu blasé là-dessus, d'autant plus que
l'épigraphe nuit singulièrement à mes négociations.
Avec tout son esprit, d'Alembert a dit une bêtise en

prétendant que j'avais arraché la foudre au ciel et le sceptre à la tyrannie. Qu'y a-t-il de commun, je vous prie, entre le ciel et un tyran?

— Vous paraîtrez moins blasé quand vous saurez qui m'a envoyé votre illustre image. Voyons, devinez.

— C'est Turgot !

— Non.

— Malesherbes, alors ?

— Beaucoup mieux.

— J'en doute.

— C'est le roi, mon cher docteur ; mais votre portrait est singulièrement encadré. Il faut que je vous le montre pour mettre à l'épreuve votre gravité de philosophe.

Elle passa dans son alcôve et revint un instant après tenant à la main droite une cuvette, et de la main gauche voilant sa figure. Elle riait aux éclats, et je ris encore moi-même de son effronterie. Mon image était au fond de la cuvette, bien au fond, pour la punition de ma popularité, et la comtesse la montrait sans pitié à tout venant.

— Si vous n'êtes pas entré plus avant dans la faveur du roi, je risque beaucoup d'en être pour mes frais de voyage.

— Non, mon ami ; permettez-moi de vous appeler ainsi pour rattraper le temps perdu, car, à en juger au

son de nos âmes, nous devions nous connaître depuis
longtemps. Le roi vous a reçu, il voudra vous tenir
compte en quelque façon de la bonté qu'il a eue de
vous donner audience ; il vous accordera quelque
chose, peu de chose, si peu, que ce ne sera vraiment
pas la peine d'en parler. Que voulez-vous ! il est tiré
en avant par le siècle, en arrière par la cour, il fait tantôt un pas en avant, tantôt un pas en arrière. N'attendez rien de sa pleine initiative ; il ne donne pas, il abandonne : c'est sa nature. Il vous abandonnera donc une
certaine liberté, mesurée à dose imperceptible, crainte
de récrimination de la part du clergé. Il vous accordera,
par exemple, le droit de naître, de mourir authentiquement, et de reposer après votre mort dans une terre
à votre convenance, sous prétexte de salubrité publi-
que. Déjà le vent a parlé de quelque chose comme cela,
et si je vous le dis, je vous le dis à bon escient.

CHAPITRE XXV

UNE MARQUISE RÉPUBLICAINE

L'heure du dîner interrompit leur conversation ; ils gagnèrent l'appartement que Malesherbes avait conservé à Versailles.

Le destin, mis sans doute dans la confidence, avait placé le pasteur à côté d'une jeune et belle inconnue rayonnante de la double splendeur de la beauté et de l'aristocratie, toute couverte de brillants et de dentelles, les bras nus jusqu'aux coudes et blancs comme les bras d'une fille d'Homère. Ses cheveux, semés de perles et de plumes dont les molles inflexions, retombant languissamment de chaque côté, répandaient autour d'elle, à chaque mouvement de tête, une légère vapeur de poudre blanche embaumée d'une odeur de violette et d'iris.

Ce voisinage inquiétant acheva d'ôter au pasteur le

peu d'appétit qu'il aurait pu avoir après une semblable matinée d'émotion. Il se resserrait sur sa chaise
pour se réduire à son plus simple volume, de peur
d'effleurer. du coude un ruban de cette majestueuse
divinité de l'Olympe.

Sa voisine voulut le mettre à l'aise et lui tendit son
verre, avec ce savant sourire du xviiie siècle, dont la
révolution française a emporté le secret. Ce sourire
fut pour le pasteur la fin du monde et le bouleverse-
ment de l'Apocalypse. Il prit la carafe d'une main
tremblante et en versa la moitié sur la nappe.

— Je vois, monsieur Jarousseau, dit obligeamment
sa voisine, que vous sauriez mieux mourir que servir.

— Oui, répondit crûment le pasteur, qui cherchait
à échapper par le premier monosyllabe venu à la
terrible nécessité d'une réponse.

Eternel mystère du genre humain ! Il n'avait jamais
tremblé à l'approche du martyre, et maintenant il
tremblait pour la première fois à l'idée de cette femme
assise à sa droite, dans la magnificence de la richesse.

A la fin du déjeuner, il prit son chapeau pour saluer
Malesherbes et retourner au plus vite à Paris.

Mais, au moment où il s'approchait du ministre,
l'impitoyable inconnue se plaça devant lui, et se
croisant les bras sur sa poitrine :

— Avez-vous lu, dit-elle , les *Confessions* de Jean-
Jacques Rousseau?

— Oui, répondit le pasteur, bien que son âme puri-
taine n'eût jamais pu aller au delà du second volume.

— Alors vous avez dû y voir qu'une Armide Gene-
voise, assistée de son amie, arrêta un jour en rase
campagne le jeune philosophe et l'emmena d'autorité
cueillir les cerises de son verger. Je veux profiter de
l'exemple et vous faire à mon tour prisonnier. Je vous
retiens donc à souper avec le docteur Franklin, ce soir
même, à Paris. Le docteur connaît mon hôtel; il
voudra bien vous accompagner, n'est-ce pas, docteur?

Franklin fit un signe d'assentiment.

— Ne craignez rien, reprit-elle, vous souperez en
famille; car je suis de votre parti, je suis républicaine,
moi aussi, et pour peu que vous en doutiez, je vais
crier Vive la république! Je serais curieuse d'essayer la
première l'effet de ce cri sous les voûtes de ce château.

— Mais encore, Madame...

— Je sais ce que vous allez me répondre; aussi,
pour épargner la peine d'achever la phrase , je vais la
dire à votre place : Mais encore faudrait-il avoir l'honneur de me connaître, n'est-ce pas? C'est là votre pensée. Eh bien! si un vent de passage n'a pas porté mon
nom dans votre solitude là-bas, comment appelez-
vous votre village? le vent du moins m'a parlé de
vous, et cela me suffit.

Elle tira de sa ceinture un billet décacheté et le tendit au pasteur.

PELLETAN.   12

Ce billet, signé Tancrède, contenait le récit abrégé de l'hospitalité que le marquis de Mauroy avait reçue à Saint-Georges-de-Didonne au moment de partir pour l'Amérique.

— Vous voyez, reprit-elle, que nous sommes de vieilles connaissances. Le marquis Tancrède de Mauroy est mon fiancé, et comme il est reçu qu'une femme bien élevée doit payer les dettes de son mari, je paye celles du marquis par avancement d'hoirie.

— Vous êtes donc alors la jeune Romaine, comme il disait, qui a attaché un nœud de ruban à son épée?

— Comment, il l'avait encore à cent lieues d'ici? Il a porté vraiment la fidélité plus loin que je ne croyais! Cela promet. Maintenant que nous avons échangé nos pouvoirs et vérifié nos titres, je vous retiens à souper; sans cela je suis capable de faire un coup de tête et d'envoyer chercher la maréchaussée. N'est-ce pas, mon cher tuteur, dit-elle en prenant le bras de Malesherbes, que vous me ferez obtenir une lettre de cachet contre le pasteur s'il refuse mon invitation à dîner?

— Ma pupille aurait raison, répondit Malesherbes, d'invoquer mon crédit. Elle a des droits sur vous, monsieur le pasteur, car lorsqu'elle a appris que l'hôte du marquis de Mauroy était venu à Paris réclamer la liberté de conscience, elle est allée plaider votre cause partout, et je vous assure que si elle vous

a fait autant de partisans qu'elle a d'adorateurs, votre
procès est gagné.

— Puisqu'il était écrit qu'un pauvre pasteur comme
moi devait porter un jour ses pas si haut et manger
à la table des grands , que la volonté de Dieu soit accomplie !

Il leva sur la brillante femme de l'aristocratie un
regard de résignation, et il ajouta : Dieu est bon,
Mademoiselle, comme s'il cherchait à puiser dans son
invocation suprême une sorte de garantie contre la
nouvelle épreuve qu'il allait traverser.

— Vous nous raconterez cela à dîner, dit la jeune
marquise.

Elle fit la révérence et sortit du salon.

La marquise de Pisani, qui appelait Malesherbes
son tuteur, et que Malesherbes, par la même raison,
appelait sa pupille, était une jeune fille âgée d'une
vingtaine d'années et héritière d'une grande fortune.
Son père, en mourant, avait recommandé à Malesherbes de surveiller son éducation.

L'illustre parrain de l'Encyclopédie avait élevé sa
pupille dans cette indépendance de pensée qu'on appelait alors la philosophie. Il la conduisait de temps à
autre à l'ermitage de Jean-Jacques Rousseau. Le tribun misanthrope du dix-huitième siècle, charmé de la
vivacité d'esprit de la belle enfant, la baisait au front
et l'appelait en riant son petit lutin.

Depuis lors elle sembla uniquement chercher à mériter ce qu'elle regardait comme son titre d'honneur.
Elle vivait à Paris sous la tutelle d'une tante, chanoinesse dévote, qui avait essayé d'abord de couper la
fièvre encyclopédique de sa nièce, et qui de lassitude
avait fini par lui rendre main et lui laisser faire tout
ce qu'elle voulait. Mademoiselle de Pisani usait convenablement de la permission.

Avec un fonds naturel de bonté encore développé
par Malesherbes, elle avait cependant une imagination
excessive, entreprenante, toujours emportée du premier bond à l'extrémité d'une idée; elle personnifiait
admirablement cette aristocratie téméraire et futile
qui jouait avec la pensée, affichait la liberté autant
par mode que par conviction, et, trompée la première
par son propre mensonge, invoquait à distance une
révolution, sans trop savoir quelle terrible inconnue
elle appelait, sauf ensuite à lâcher pied à la première
vue du spectre et à lui dire humblement, comme le bû-
cheron de la fable : Aide-moi à recharger mon fardeau.

Lorsque la marquise fut partie :

— Êtes-vous marcheur ? dit Franklin au pasteur.

— Je l'ai été.

— Vous devez l'être encore.

— Je l'espère.

— Eh bien, si vous le voulez, nous irons à pied à
Paris.

— Volontiers, dit le pasteur.

Mais jetant aussitôt un coup d'œil mélancolique sur sa personne :

— J'aurai besoin auparavant de changer de costume.

— Pourquoi ?

— C'est qu'avec cette queue d'étoffe dans le dos et cette rapière sur les mollets on va me prendre pour un masque de carnaval.

— Ou pour un échevin. Rassurez-vous, monsieur Jarousseau. Il n'y a dans ce pays aucune toilette qui étonne ; Jean-Jacques pouvait traverser le Palais-Royal en robe d'Arménien. Il n'y avait pas un passant qui tournât la tête pour le regarder.

Les deux amis de la minute prirent à travers les bois de Ville-d'Avray et gagnèrent les collines de Saint-Cloud. En passant devant la grille du château, Franklin montra au pasteur une pancarte placardée à la porte d'entrée, elle portait en tête :

De par la reine!

— Vous voyez cette formule, dit l'ambassadeur ; elle est en ce moment une affaire d'État. Le roi a cru devoir acheter Saint-Cloud au duc d'Orléans pour en faire cadeau à Marie-Antoinette. La reine a voulu donner sa livrée aux Suisses chargés de la garde du château et

12.

substituer à la rubrique de par le roi, cette autre de par la reine. Cette innovation a mis non-seulement la cour, mais encore la ville en rumeur. La royauté vient de tomber en quenouille, crie-t-on de toutes parts. Un conseiller du parlement nommé D'Espreménil tonne contre l'usurpation de Marie-Antoinette : Le roi seul, a-t-il dit, a le droit de commander dans un château royal. Voilà pourtant la politique de la France en ce moment ! Qui sème le vent, monsieur le pasteur, recueille la tempête ; le mot n'est pas nouveau, mais celui qui l'a dit le premier savait ce qu'il disait.

CHAPITRE XXVI

DIEU ET LA LIBERTÉ

Ils traversaient la plaine de Grenelle lorsque Franklin heurta du bout de sa canne à la porte d'une maison de campagne.

— Entrons ici, dit-il à son compagnon de voyage.

— Pourquoi faire? répliqua le pasteur.

— Je désire vous montrer un grand homme.

— Vous voulez dire un grand génie?

— Le génie n'est pas pour moi la mesure de la grandeur.

— Alors? à quelle aune la mesurez-vous?

— Au service rendu à l'humanité. Voyez le grand Frédéric; il passe pour le héros du siècle; et il a eu en effet l'insigne honneur de faire tuer trois cent mille de ses semblables, mais l'homme que vous allez voir, aura eu le mérite de faire vivre des millions d'hommes et cela pendant des milliers d'années, aussi longtemps du moins que la terre fleurira au soleil.

— Vous le nommez?

— Parmentier.

Le pasteur gardait le silence.

— Vous ne le connaissez pas, monsieur Jarousseau?

— Je n'en ai jamais entendu parler.

— Eh bien, cet homme a délivré le monde de son plus grand fléau peut-être, de la famine.

— De quelle manière?

— Avec un tubercule.

— Qu'on appelle?

— La pomme de terre ou la patate.

Un instant après Franklin présentait le pasteur à Parmentier.

— Béni soit le ciel! dit l'apôtre, j'aurai pu saluer une fois dans ma vie un bienfaiteur de l'humanité.

—Bienfaiteur, reprit Parmentier, c'est trop dire, mais sans vanité il m'a fallu quelque courage pour acclimater la pomme de terre dans notre pays; le peuple a ravagé le premier champ que j'ai ensemencé sous prétexte que je voulais l'affamer, et le second champ, sous prétexte que je voulais l'empoisonner. Mais un jour le roi a fait servir à sa table un plat de patates, et à partir de ce jour les patates ont obtenu en France leurs lettres de grande naturalisation. On m'en achète de tous les côtés; je ne peux suffire à la commande.

Le pasteur tira de sa poche une de ses dernières pièces de monnaie.

— Pourriez-vous m'en céder quelques-unes ? dit-il.

Parmentier sourit.

— Où demeurez-vous, monsieur le pasteur ?

— Hôtel de la Providence, rue Sainte-Avoie.

— Permettez-moi de vous offrir cette brochure sur la question ; elle vous indiquera le mode de culture.

Franklin et le pasteur prirent après cette conversation congé de Parmentier. La nuit commençait à tomber quand ils rentrèrent à Paris. Le docteur Franklin conduisit le pasteur à l'hôtel Pisani.

La marquise prit le pasteur par la main droite et Franklin par la main gauche et les menant tout poudreux encore devant le fauteuil de douairière où trônait majestueusement la chanoinesse :

— Voici deux rebelles que j'ai invités à souper, dit-elle à sa tante. L'un est le docteur Franklin et l'autre le pasteur Jarousseau.

A la présentation de ces deux noms, la chanoinesse tomba malade tout à coup d'une attaque de migraine, et ne reparut plus de la soirée.

La marquise de Pisani reçut ses hôtes avec cette grâce exquise d'une âme élevée à bonne école, qui comprend qu'avec les gens simples, la simplicité est la première politesse.

Dès le commencement du repas, elle renvoya les domestiques.

— Ceci, dit-elle, est un repas de philosophes; Pythagore en fera les honneurs.

Le souper, en effet, fut un repas pythagoricien, sans affectation d'austérité. Seulement, au dessert, la marquise prit sur la table un flacon doré de verre de Bohême et en versa à ses hôtes un vin rose comme le premier rayon de l'aurore.

— A la liberté de conscience, messieurs !

Puis, regardant le pasteur en face, elle ajouta :

— Savez-vous bien, monsieur Jarousseau, qu'après avoir connu le récit de votre existence, j'ai failli un instant embrasser votre foi et vous demander la permission de vous suivre au désert ? La persécution est vraiment une tentation pour l'esprit. J'aimerais assez une religion dangereuse, où j'irais adorer Dieu à cheval en habit de chasse, un pistolet à l'arçon de ma selle, pour brûler la cervelle du premier dragon qui viendrait déranger ma prière; mais, toute réflexion faite, je m'en tiens à la profession de foi du *vicaire savoyard*, à l'adoration de Dieu sur la montagne. C'est une religion infiniment plus commode et plus simplifiée. En pays de plaine, il est vrai, elle offre quelque inconvénient, car on ne peut pas faire pousser une montagne à volonté dans son jardin.

— Mademoiselle, répondit le pasteur avec une gravité empreinte de tristesse, permettez-moi de vous dire qu'à votre âge il n'est pas bon de prendre le nom de Dieu en vain et de perdre ainsi l'habitude de le respecter, car ce nom est, au jour de tourmente, le refuge de l'âme humaine, et si jamais la vie, qui est partout autour de vous une promesse infinie de bonheur, vient à vous manquer de parole, ce nom seul vous apportera une consolation que vous ne trouverez nulle part ailleurs.

Comme il était tard, le pasteur salua son hôtesse sur cette parole.

— Vous ne vous en irez pas ainsi, reprit vivement la marquise ; sans cela je croirais qu'après m'avoir grondée, vous me boudez. Je ne vous demande pas de me donner votre bénédiction, parce que je suis trop profane pour la recevoir dignement, mais je vous demande de m'embrasser pour me prouver du moins que vous m'avez pardonné mon irrévérence.

Le pasteur, ainsi mis en demeure à l'improviste, restait immobile et au fond passablement effrayé de la proposition.

— Je vois bien, reprit-elle, que je dois faire le premier pas et donner l'exemple.

Et penchant sa belle tête sur la joue du pasteur :

— Voilà l'an premier de la république, dit-elle.

Et la penchant sur l'autre joue :

— Allez, voici, l'an second.

Maintenant, monsieur, vous pourrez dire dans votre province que l'aristocratie et la liberté se sont embrassées.

Le pasteur, interdit de cette brusque accolade, gardait le silence.

— N'ayez pas honte, monsieur : Jean-Jacques me l'avait donnée ; je vous la restitue aujourd'hui.

Le pasteur fléchit le genou, et baisant respectueusement la main de la belle enthousiaste :

— Dieu veuille conserver à votre âme la flamme sacrée qui brûle en ce moment pour l'humanité, et vous serez grande comme une femme de la primitive Église ; mais rappelez-vous qu'aimer l'homme c'est aimer en même temps celui qui fut ici-bas l'idéal suprême de l'amour.

Il sortit.

Franklin l'accompagna, et lorsqu'il passa devant la marquise pour la saluer à son tour, il lui dit avec cette expression de bonhomie et de finesse, qui était l'âme tout entière du vieux diplomate de Boston, flottante en quelque sorte sur sa figure :

— J'aurais peut-être le droit d'être jaloux pour ma patrie de ce que tout à l'heure, dans votre jubilé de la pensée, vous ayez oublié l'Amérique, car enfin l'an premier de la république aurait peut-être été mieux placé de mon côté. Mais n'importe, puisque nous sommes pour le moment en veine de restitution, per-

mettez-moi de vous restituer à mon tour la bénédiction que Voltaire a donnée à mon petit-fils du bord
de son tombeau.

Franklin étendit les deux mains sur le front de la
marquise.

— Dieu et la liberté, voilà le dernier mot et le testament sacré du siècle mourant.

— Mon cher monsieur, dit Franklin au pasteur
lorsqu'ils eurent franchi le seuil de l'hôtel Pisani,
vous êtes appelé sans doute, un jour ou l'autre, à voir
la régénération politique de votre pays; mais croyez-
moi, défiez-vous d'avance d'une révolution provoquée
par une aristocratie qui n'a dans l'âme que du vent et
n'a pas de lest pour la maintenir sur le flot mobile des
événements. Lorsqu'à tort ou à raison, le clergé chez
un peuple est ennemi de la liberté, et que, par esprit
de représailles, le parti de la liberté croit devoir rejeter derrière lui toute pensée de religion, l'heure de
compter pour ce peuple aura beau sonner au cadran
de l'histoire, la démocratie, victorieuse au premier
instant, perdra toujours la seconde partie. La liberté
et la religion sont les deux forces sacrées de l'âme, et
l'homme n'a pas trop de ces deux forces réunies pour
mener à réussite l'entreprise la plus difficile peut-être
de ce monde, l'œuvre d'une révolution. Un libéral
athée est un partisan déguisé du despotisme.

PELLETAN.   13

CHAPITRE XXVII

LA SACOCHE RETROUVÉE

Après cette série d'émotions précipitées, coup sur coup, les unes sur les autres, comme autant de péripéties, le pasteur retrouva l'hôtel de la *Providence* avec cet ineffable soulagement d'un homme ballotté de côté et d'autre qui touche le rivage et qui peut dire : Enfin, je m'appartiens !

Il tomba de lassitude sur son grabat ; il chercha longuement à classer dans sa mémoire et à expliquer les divers épisodes mystérieux de sa journée, mais tout ce qu'il avait vu lui paraissait le monde renversé et flottait dans sa tête à l'état de chaos. Il passait continuellement la main sur son front, et chaque fois il y sentait cette sensation particulière de délire qu'on éprouve à voir les faits déraisonner autour de soi et à rester seul en plénitude de sa raison. Il pria pour chasser cette vision, et en effet, la vision pâlit peu à peu et disparut comme dans un lointain confus. Le pasteur dormait, tout habillé, comme un soldat sur le champ de bataille.

Le soleil, si rare dans la rue Saint-Avoye qu'il n'y paraît qu'au solstice d'été, jouait déjà depuis long-temps dans ses rideaux lorsqu'il se réveilla; il se tâta comme un homme qui se cherche lui-même, il se trouva encore enveloppé des pieds à la tête de sa livrée du tiers état, il se jeta aussitôt à bas de son lit pour se dépouiller de ce costume d'emprunt. Il reprit avec une sorte d'orgueil son habit de camelot gris à boutons d'azur; et après l'avoir mis il éprouva un sentiment de coquetterie : pour la première fois de sa vie, il alla se regarder au miroir.

— Maintenant, je suis un homme! dit-il avec fierté. Il sortit de bonne heure pour aller retremper sa pen-sée à l'air vital du matin; mais à peine avait-il mis le pied dans la rue qu'il eut une seconde hallucination bien autrement dangereuse pour le peu de notion qu'il croyait posséder encore de la réalité. Il voyait devant lui, à la porte de l'hôtel, la débonnaire figure de Misère, sellée et bridée comme le jour où il l'avait perdue. Il crut, au premier abord, à la tentation du mirage, cette raillerie brutale du regard.

C'était cependant sa jument, à n'en pouvoir dou-ter. Elle reconnut à son tour le pasteur, et ses narines alternativement gonflées et contractées soufflaient avec force pour exhaler, à défaut de voix, l'expression de son bonheur. Un exempt de police tenait la bride de Misère, et derrière lui une patrouille du Guet gardait à vue un jeune homme en manchettes, l'épée au côté. Du premier coup d'œil le pasteur recomposa le signalement du chevalier félon qui avait abusé de sa crédulité.

— Monsieur, lui dit l'exempt, veuillez vérifier votre compte et m'en donner quittance.

Le pasteur ouvrit sa valise et y retrouva exactement sa bible patrimoniale, ses chemises, ses paires de chaussettes, son fromage de bique, son sac de pruneaux, sa botte d'herbes pour la fièvre, son autre botte d'herbes pour la migraine, toutes choses qu'il avait tenues jusque-là dans un profond respect; le Mémoire seul était absent, mais à la place une main inconnue avait glissé une tabatière en or avec le portrait du roi sur le couvercle et cette inscription autour du portrait : *Donné par Malesherbes au pasteur Jarousseau.* Il mit la tabatière dans sa poche et referma sa valise.

— Et l'argent? reprit l'officier de police.

— Quel argent?

— L'argent de la sacoche.

Le malheureux avait oublié la sacoche; il la déterra sous le bagage : au volume il la jugea d'abord aux trois quarts vidée, mais après l'avoir ouverte il trouva au fond une centaine de louis dans tout l'éclat immaculé de l'hôtel de la Monnaie.

— Cette somme n'est pas à moi, dit-il en tendant la sacoche à l'exempt.

— Pardon, monsieur, le roi vous la donne pour acquitter les dépenses de votre voyage et distribuer des aumônes en son nom aux pauvres de votre paroisse. Maintenant voici le coupable ; il appartient à une bonne famille qui a obtenu de la clémence royale la faveur de le faire passer aux colonies, mais son père ne veut pas frustrer votre droit à une justice plus immédiate, et il vous l'envoie pour lui appliquer vous-même une peine à votre convenance.

Le pasteur plongea la main dans la sacoche, et tirant une poignée de louis il la donna au prisonnier.

— Que faites-vous? dit l'exempt révolté de ce procédé immoral qui lui semblait un encouragement à un nouveau délit.

— Eh! parbleu! mon ami, reprit le pasteur, voulez-vous donc que ce jeune homme recommence à voler?

— En conscience, dit le prisonnier à son tour, vous me devez ce dédommagement.

— Pourquoi cela, mon ami?

— Pour être allé à votre place en prison.

— En prison, à ma place?

— Lorsque vous m'avez prêté votre cheval...

— Je vous ai prêté ma jument?

— Vous êtes trop généreux pour me démentir. Je croyais avoir affaire à un cheval bien pensant et nullement à un cheval suspect d'hérésie, appartenant à un maître encore plus suspect. Je descends à l'hôtel dans cette confiance. A mon arrivée, j'aperçois autour de moi un certain mouvement, et un instant après l'exempt de police que voilà jette un coup d'œil à l'écurie, et me prenant au collet : Monsieur Jarousseau, dit-il, je vous arrête! J'ai beau protester que je n'ai jamais porté le nom de Jarousseau, il ouvre votre valise pour toute réponse, prend votre mémoire, le lit rapidement, regarde la signature et me dit : C'est bien, suivez-moi ; et il me mène à la Bastille. Il paraît, Monsieur, que vous étiez recommandé à la police.

Le pasteur regarda l'exempt.

— Ce jeune homme dit-il la vérité?

— Oui, Monsieur; l'intendant de votre province vous avait signalé comme un prédicant dangereux, et le lieutenant de police avait donné votre nom à tous les hôtels pour vous faire arrêter à votre arrivée à Paris, mais on a reconnu plus tard, à ce qu'il faut croire, l'erreur de cette dénonciation, puisqu'on m'a donné l'ordre, au contraire, de vous traiter avec respect et de vous prêter assistance au besoin.

— Dieu est deux fois bon, dit le pasteur en joignant les mains. Si ce jeune homme ne m'avait emprunté ma jument, emprunt un peu forcé à la vérité, je serais à l'heure qu'il est et peut-être pour le reste de la vie au fond d'un cachot.

Le pasteur Jarousseau avait vu Louis XVI, Gamin, Malesherbes, Franklin, la royauté, le peuple, l'aristo-cratie, la révolution; il avait retrouvé sa jument, sa valise, son viatique doublé de valeur et enrichi encore d'une tabatière. Il pouvait en conscience regarder son œuvre comme accomplie et retourner à Saint-Georges-de-Didonne. Mais pour partir de Paris aussi intact qu'il y était arrivé, il voulut rentrer en possession de la montre qu'il avait vendue dans une minute de dé-tresse. Heureusement la montre payait trop peu de mine pour avoir trouvé un acquéreur de passage. Elle était restée dans la boutique de l'horloger, il faut bien en convenir, à l'état de disgrâce. Il la racheta sans difficulté.

— Je n'ai plus rien à faire ici, dit-il.

Au moment où il bouclait sa valise, il entendit un pas pesant monter l'escalier.

Le pas s'arrêta devant sa porte, un coup de sonnette lui succéda ; le pasteur alla ouvrir et aperçut un homme plié en deux sous le poids d'un sac tout bos-selé.

— Monsieur Jarousseau ? demanda-t-il d'une voix essoufflée.

— C'est moi, répliqua le pasteur.

— Voilà votre sac.

— Mon sac? répliqua le pasteur, je n'en possède aucun.

— Votre sac de pommes de terre ; je vous l'apporte de la part de M. Parmentier.

— Et où voulez-vous que je loge tout cela? ajouta le pasteur d'un air consterné.

Le portefaix déchargea son fardeau sur le parquet.

— Vous les logerez où vous voudrez.

Et tirant de sa poche un morceau de papier :

— Veuillez me signer ce reçu, dit-il.

Le pasteur signa, il prit dans le sac trois ou quatre pommes de terre.

— Vous pouvez remporter les autres, dit-il au porteur.

— Les remporter? répliqua l'autre, deux cents livres pesant ! c'est bien assez d'une fois, ma commission est faite. Bonjour, monsieur.

— La commission est faite, mais elle n'est pas payée, dit le pasteur.

— Pardon, elle l'est par M. Parmentier. Si pourtant vous voulez y ajouter un pourboire...

Le pasteur lui glissa dans la main un petit écu.

Le portefaix sortit. Le pasteur rouvrit sa valise ; elle était bourrée ; impossible d'y intercaler un nouvel ingrédient. Il commença par retirer le fromage de bi-

que, il mit à la place une première pomme de terre ;
il élimina ensuite la botte d'herbes destinée à guérir
toutes les maladies, deux pommes de terre purent
remplir la vacance ; le sac de pruneaux se cachait
dans un coin, le pasteur l'arracha de sa retraite et y
substitua deux nouvelles bienfaitrices de l'humanité.
Il allait refermer sa valise lorsque sa passion du bien
l'emportant sur toute autre considération, il retira
une première chemise, puis une seconde, puis une
troisième, il attaqua ensuite les mouchoirs, les chaussettes, et les jetant sur le plancher :

— A quoi bon tout cela? dit-il, je n'avais pas tant de
linge quand j'allais de Lausanne à Saint-Georges.

Un quart d'heure après il n'y avait plus dans la
valise qu'un assortiment de pommes de terre assez
opulent pour ensemencer un carré de jardin.

CHAPITRE XXVIII

LE RETOUR

Cette dernière opération terminée, le pasteur retourna à l'hôtel de Malesherbes pour lui faire ses adieux.

— Monsieur Jarousseau, lui dit l'ancien ministre, j'ai reçu la réponse du roi à votre demande. Elle est évasive, comme je l'avais prévu. Sa Majesté réserve la question de principe. Seulement elle vous accorde, à vous personnellement, la permission de prêcher, mais à l'ombre, en secret, en lieu écarté et en maison fermée ; permission tacite, sans doute, conditionnelle, précaire, révocable, au moindre soupçon de ce qu'on voudra bien appeler le scandale. C'est peu de chose, mais c'est déjà quelque chose, c'est un premier pas dans la voie de l'avenir, c'est la liberté de conscience à l'état d'intention, à l'état d'attente. Si le roi vous accorde dès aujourd'hui le droit de prêcher, la logique, cette providence terrestre de l'humanité, le forcera tôt ou tard à reconnaître le même droit aux autres pasteurs. Votre passage ici aura eu un heureux résultat : il aura créé un précédent. Or, un précédent est tout avec un roi qui a besoin de vouloir peu à peu, en détail, à plusieurs reprises, et qui voudra d'autant mieux accomplir un acte de justice, qu'il croira avoir voulu déjà l'accomplir. Vous pouvez donc repartir en toute tranquillité d'esprit. Je suivrai ici votre instance, et avec l'aide du temps, ce complice divin de toute vérité, j'espère gagner votre procès, car j'ai mis la gloire de mon nom à remporter un jour ou l'autre la signature du roi au bas d'un édit de tolérance.

— Alors votre nom comptera parmi les noms des saints de l'humanité.

— Je ne porte pas l'ambition si haut que cela, monsieur Jarousseau. Le mot de saint ne va guère avec une perruque comme celle que vous me voyez en ce moment. Laissez-moi être simplement ce que je suis, un philosophe. Ce titre est encore assez beau à mon avis quand on est digne de le porter. Mon aïeul Basville vous a fait tant de mal autrefois, que je dois en bonne justice chercher le plus tôt possible à le réparer, car la loi de l'histoire, qui est la loi du talion, la loi de la réversibilité du crime de la tête du père sur la tête de l'enfant, pourrait bien reprendre dans mes veines le sang que Basville a versé.

Pendant que Malesherbes parlait ainsi, la pendule de son cabinet sonna midi. A cette heure, le pasteur Jarousseau remontait invariablement sa montre avec la régularité physique d'une habitude passée dans le système nerveux par plus de vingt années d'exercice. Depuis la vente de sa montre il avait toujours éprouvé une sorte de malaise vers le milieu du jour, et il portait involontairement la main à son gousset ; mais il sentait la maison vide et il poussait un soupir.

Cette fois-ci cependant il tenait la malheureuse transfuge ; il fit glisser du doigt les deux aiguilles sur l'heure de midi et regarda ensuite le cadran d'un air recueilli.

— Voici l'heure que j'ai rêvée toute ma vie. Elle est maintenant marquée. Le temps ne marchera plus désormais sur ce cadran, car c'est une heure de Dieu qui vient de sonner. Et tenez, puisqu'une idée en attire une autre, monsieur le ministre, je vais peut-être dire une inconvenance, mais vous la pardonnerez à ma bonne intention. Le cœur a besoin de récipro-cité. Quand il a reçu, il veut donner. Vous m'avez donné une tabatière, permettez-moi de vous offrir cette montre en souvenir de cette entrevue, la dernière probablement que nous aurons sur la terre des vivants. Elle est certes indigne de vous et même de votre laquais. Mais depuis que je vis de la vraie vie, j'ai dépensé en elle mon âme tout entière, j'ai veillé,

médité, prié, gémi en participation avec elle, au sym-
pathique battement de son invisible balancier. Elle
m'a parlé de ce qui naît, de ce qui meurt, de ce qui
passe, de ce qui vient, de ce qui doit venir. Toutes
les fois que j'ai espéré, je l'ai mise dans la confidence,
et j'ai dit en regardant les signes écrits là, autour de
ce rond de faïence : Quand donc cette aiguille indi-
quera-t-elle sur un de ces points le moment sublime
où une idée méconnue éclate en une immense voix à
travers l'espace et crie à tous les siens, prosternés dans
l'affliction : Debout, vous êtes libres? Vous devez me
comprendre, monsieur Malesherbes, car vous êtes
philosophe. Cette montre est plus qu'une matière de
cuivre ou d'argent. Elle est la pensée d'un homme, et
par cette pensée une chose vivante. C'est à ce titre que
j'ose vous l'offrir.

— C'est à ce titre que je l'accepte, dit Malesherbes
en tendant la main. Je la suspendrai à ma cheminée
comme la relique d'un homme de bien, destinée à
porter bonheur à mon foyer. Puisque vous l'avez
voulu, l'aiguille restera toujours posée à l'heure où
vous l'avez fixée, afin qu'en la voyant je me dise :
Cette heure a marqué la première espérance de liberté; achève maintenant ce qu'elle a promis. Mais je
ne veux pas vous retenir plus longtemps. Adieu,
monsieur le pasteur, écrivez-moi et comptez toujours
sur mon affection.

Ils se serrèrent encore une fois la main et ils se séparèrent pour retourner chacun à son travail, ou plutôt au travail commun, car l'un en haut, l'autre en bas, ils travaillaient également à la même œuvre et avec la même gloire aux yeux de Celui qui pèse l'âme non à la mesure du rôle, mais à la sainteté de la pensée.

Le pasteur reprit à son retour la direction du voyage. Misère essaya bien encore de faire une station à chaque auberge ; mais à la moindre velléité de temps d'arrêt, l'apôtre la réprimanda du talon, et malgré sa passion invétérée pour la flânerie, l'honnête créature finit par comprendre que le temps était précieux, et que son maître, porteur sans doute de quelque nouvelle importante, avait hâte d'arriver. Grâce à cette vitesse accélérée, le pasteur mit quinze jours seulement, au lieu de trois semaines, à franchir la distance de Paris à Saint-Georges-de-Didonne; c'était une notable économie de temps pour un semblable voyage. Aussi cette marche forcée fit-elle à cette époque infiniment d'honneur à l'intrépidité de Misère.

En arrivant à Saint-Georges-de-Didonne, le pasteur trouva la population rangée sur son chemin. Avertie sans doute par quelque voix de l'air ou quelque vigie apostée sur la dune, elle était accourue au-devant de lui, des branches d'arbres à la main, en habits de dimanche.

— Mes amis, leur dit-il, jetez ces branches d'arbres

qui rappellent un souvenir qu'on ne doit appliquer à aucun homme vivant, mettez-vous à genoux et chantons en chœur un cantique de délivrance, car je vous apporte une première promesse de tolérance.

Il descendit de cheval, et mettant le genou en terre, sur la poussière, au milieu de la foule prosternée sur la route et de la campagne couverte de moissons, il entonna sous l'œil de Dieu et par un soleil splendide le psaume cent trois :

« O mon âme, bénissez le Seigneur notre Dieu, et « n'oubliez jamais les précieuses faveurs dont il vous « a comblée.

« Bénissez le Seigneur, qui a bien voulu pardonner « vos iniquités, qui guérit vos afflictions et soulage « vos souffrances ;

« Qui vous rachète de la mort et couronne votre « existence d'une bonté pleine d'amour, d'une miséri- « corde pleine de tendresse. »

Anne Lavocat attendait son mari sur le pas de sa porte, entourée de ses enfants.

Elle pleurait et ses enfants pleuraient avec elle ; seule Bénigne, toujours triste, souriait d'un sourire à part, sa joue pâle avait pris je ne sais quelle teinte rose comme si l'aube de la liberté de conscience avait choisi cette figure enfantine pour y répandre son premier reflet.

— Femme, dit le pasteur, prions Dieu pour le

roi, qui nous permet de prier désormais en commun.

Tous croisèrent les mains, ils prièrent en esprit.

Puis il serra Anne Lavocat sur son cœur, mais l'émotion était trop forte, elle pâlit et chancela ; et, l'œil fixe et toute frémissante :

— Ils ne l'ont donc pas tué, ni emprisonné comme on disait. Le voilà ! il est là ! Mes enfants, embrassez votre père ; embrassez-le pour votre mère qui n'a plus la force de l'embrasser.

Pendant ce temps Madeleine avait pris la bride de Misère et la conduisait à l'écurie. Mais quand elle voulut enlever la valise elle la trouva si lourde qu'elle dut renoncer à l'entreprise ; elle appela sa maîtresse à son secours. Elles parvinrent à elles deux à décharger la valise. Anne Lavocat l'ouvrit et en apercevant ces pommes d'une forme étrange, inconnue dans la contrée, qu'elle prit pour des racines d'une mauvaise herbe, elle crut que son mari avait été victime en route de quelque mauvaise plaisanterie. Elle les retira précipitamment une à une et les jeta sous la crèche de l'écurie ; mais quand arrivée au fond de la valise elle n'y trouva ni une chemise, ni un mouchoir, ni un bas, elle poussa un cri de désespoir.

Et se retournant aussitôt vers son mari :

— Mon ami, lui dit-elle, on t'a volé.

Le pasteur sourit.

— Explique ta pensée.

— Il n'y a dans ta valise que des navets.

— Il y a dans chacun de ces navets du pain sur la planche pour tous les paysans.

Anne Lavocat leva sur son mari un regard indéfinissable qui flottait entre le doute et le respect.

— Ainsi soit-il, dit-elle.

Le printemps suivant le pasteur sema les pommes de terre dans son jardin. La récolte prospéra d'année en année; le paysan regarda d'un œil défiant la nouvelle culture, mais peu à peu il finit par l'adopter, timidement d'abord, mais avec le temps la contagion gagna de proche en proche les campagnes voisines.

Et depuis lors chaque fois que le pasteur passait à côté d'un champ de pommes de terre en fleurs, il souriait intérieurement :

— J'aurai toujours rapporté cela de mon voyage à Paris, pensait-il.

CHAPITRE XXIX

ENFIN !...

Ici finit la mission du pasteur Jarousseau. Il était allé en 1780 revendiquer le droit de cité pour le protestantisme : Louis XVI l'accorda en 1787, sept ans après son entrevue avec le pasteur, et deux ans après la présentation du dernier mémoire de Malesherbes. Il faut rendre cette justice à l'illustre philosophe, au pouvoir comme hors du pouvoir, il sollicita sans cesse l'édit de tolérance. Le cantique de délivrance du pasteur était donc, comme on voit, légèrement prématuré. Louis XVI prit le temps de la réflexion pour accorder aux protestants, non pas l'exercice de leur culte, comme on l'a prétendu, mais simplement l'état civil, c'est-à-dire le droit de naître en forme et de mourir en règle.

Cependant l'édit de tolérance, malgré sa timidité de

nom et de fait, souleva une vive colère et une violente résistance dans le sein du parlement et du clergé. Le parlement refusa de l'enregistrer. Un conseiller épileptique appelé d'Espréménil, plus tard tribun sous l'hermine, plus tard contre-révolutionnaire, homme de notre temps, à sa façon d'appeler et de maudire du jour au lendemain la révolution qu'il avait appelée, montra du poing le Christ suspendu au-dessus de la tête du président :

— Vous voulez donc le crucifier une seconde fois? dit-il.

L'assemblée du clergé protesta contre l'édit de tolérance et envoya porter sa protestation à Versailles par deux prélats notoirement incrédules, par Loménie de Brienne et par Talleyrand de Périgord. L'évêque de Dôle seul refusa de signer cet acte de fanatisme aux abois, dernier contre-sens de l'Évangile, au soleil du dix-huitième siècle. Il reprocha même à Loménie de Brienne le discours qu'il tint au roi en cette circonstance.

— Monseigneur, j'ai consulté mon crucifix, répondit Loménie.

— Dans ce cas, vous auriez dû rendre exactement sa réponse.

Deux ans après la révolution restituait à tout homme le Dieu de sa conscience; mais, attaquée, mais provoquée à la frontière et à l'intérieur, elle persécuta à son tour les persécuteurs de la philosophie et de la liberté. Saint-Georges perdit son nom de saint pour prendre le nom de Cana.

Un jour que la population de Cana fêtait l'abolition de la féodalité par un immense feu de joie des titres de noblesse et des titres de redevances, on vit un homme à figure idiote prendre un tison enflammé et courir du côté de la cure en criant avec un rire sinistre :

— Allons fumer le blaireau !

Cet homme était Isaac Guimberteau, devenu fou à la suite du naufrage, et le blaireau était, dans sa pensée, le desservant Labole. Le pauvre fou répétait machinalement de mémoire le propos même qu'un dragon avait tenu autrefois, à la naissance de Bénigne Jarousseau. La foule, surexcitée par le vertige de la persécution passée, suivit, en chantant la *Marseillaise*, la ligne de feu que le tison enflammé traçait dans sa course à travers l'espace.

Mais le récollet, prévenu du danger, eut le temps de prendre la fuite et de gagner la maison du pasteur, seul refuge où il pouvait trouver quelque apparence de sécurité contre le soulèvement de la population. Le pasteur fit monter son ancien persécuteur dans la cachette où, pendant si longtemps, il avait abrité lui-même sa tête contre la persécution ; de sorte que, par un singulier retour et par un fait exprès de l'histoire, la même cellule, pratiquée dans l'épaisseur de la muraille, a successivement protégé le protestantisme contre l'intolérance du catholicisme et le catholicisme contre la vengeance du protestantisme.

— Monsieur Jarousseau, dit le récollet en entrant dans sa cachette, je bénis le ciel de l'épreuve qu'il m'envoie en ce moment. J'ai maintenant un poids de moins sur la poitrine. J'ai fait contre vous ce que j'ai cru mon devoir; vous avez souffert pour votre foi : je souffre à mon tour, ma conscience est soulagée.

Le moine Labole avait le droit de parler ainsi, il avait courageusement refusé de prêter serment à la constitution civile du clergé et inscrit sa protestation sur le registre de la commune.

« Je persiste et déclare, disait-il, vouloir soutenir « jusqu'à la dernière goutte de mon sang que je res- « terai inviolablement attaché aux lois de la religion « catholique, apostolique et romaine. »

Trois jours après le pasteur prêtait une chaloupe pour conduire le récollet à bord d'un trois-mâts espagnol mouillé au Verdon.

Après la révolution, vint la Terreur, colère d'une idée contestée dans sa victoire. Le tribunal révolutionnaire inscrivit sur sa liste de sang le nom de Malesherbes.

Midi sonnait à l'horloge des Tuileries quand le philosophe arriva au pied de l'échafaud. Il tira la mon-

tre que le pasteur lui avait donnée, et qui marquait
toujours depuis lors la première heure de liberté. Il la
remonta ensuite tranquillement, l'approcha de son
oreille, et la jetant à la foule tumultueuse entassée sur
la place de la Révolution, il murmura intérieurement :
— Je puis mourir, mais la liberté marchera toujours.

Puis, mettant le pied sur la première planche de la
guillotine, il ajouta : O mon aïeul Basville! il était
donc écrit que je devais rendre à la terre le sang que
tu as versé?

Un instant après il allait chercher dans le ciel
l'explication de cette justice mystérieuse qui impose
souvent au descendant innocent, à un siècle de distance, la punition de l'ancêtre coupable.

Ainsi Malesherbes, comme Mme Roland, porta témoignage de la liberté jusque sous le couteau de la
guillotine.

Loménie de Brienne n'eut pas cet honneur. Il eut
peur du supplice qu'il avait invoqué au dernier jour
contre les protestants. Il s'empoisonna dans sa prison
avec du laudanum. Quant à Talleyrand, il abjura sa
foi pour la révolution, la révolution pour l'empire,
l'empire pour la légitimité, la légitimité pour la révolution de Juillet, et mourut en abjurant sa première
abjuration.

Le pasteur Jarousseau vécut plein d'années jusque
sous la Restauration, au milieu de ses enfants et de

ses petits-enfants; car, pourquoi ne le dirais-je pas?
je suis un de ceux-là, c'est mon titre de noblesse.
D'autres ont leurs aïeux et les nomment avec orgueil;
orgueil pour orgueil, nous avons nos aïeux aussi : les
vôtres vous ont légué des parchemins, les nôtres nous
ont transmis des vertus. Nous ne changerions pas
d'héritage ni de blason.

J'ai vu dans mon enfance et je vois encore du souvenir le patriarche toujours vénéré de notre famille,
lorsque assis sous son figuier, à l'entrée du jardin, aux
derniers rayons du soleil couchant, il nous prenait
tout petits sur ses genoux, nous montrait Dieu dans
la splendeur du ciel, nous posait ensuite sa main sur
la tête et nous donnait sa bénédiction.

Nous étions étonnés souvent de la sainteté et de
l'exaltation de nos mères, au milieu de la tiédeur et
de l'indifférence de notre génération. Elles avaient
puisé leur âme exceptionnelle à cette âme divine
trempée pour le martyre; elles avaient pris exemple
sur cet homme d'une autre trempe que la nôtre, et
lorsqu'il alla toucher son salaire, elles continuèrent
en quelque sorte son existence.

Le pasteur Jarousseau s'éteignit le 18 juin 1819 au
village de Chenaumoine dans sa quatre-vingt-dixième
année. C'était le matin, par une belle journée de printemps. Il avait fait rouler son fauteuil auprès de la fenêtre pour respirer encore l'air du bon Dieu, disait-il.

Après avoir embrassé ses filles et leur avoir imposé les mains, il pria Henriette de lui lire l'évangile selon St. Jean, dans cette Bible de famille déjà feuilletée par trois générations. Mais au milieu de la lecture sa tête s'affaissa sur sa poitrine et il s'évanouit. Cependant son pouls battait encore. Un silence de mort régnait autour de l'auguste patriarche. On entendait bourdonner les abeilles dans les mauves du jardin; mais lorsque vers sept heures, le soleil tournant l'angle de la maison répandit ses rayons avec les parfums de la prairie dans la chambre du mourant, il releva tout à coup son front illuminé de la pâle auréole de l'agonie. Il tendit les bras au soleil, sa lèvre remua comme s'il parlait à un hôte invisible, puis ses mains retombèrent à ses côtés, ses jambes se raidirent : il venait de monter dans l'éternité.

Il repose maintenant auprès de sa maison en ruines de Chenaumoine, dans une enceinte plantée de quatre cyprès, aucune tombe ne marque son sommeil; mais de temps à autre ses petites-filles, agenouillées sur l'herbe de la fosse, y font longuement leur prière en silence. C'est tout ce que le saint homme avait désiré en mourant.

Et nous autres, ses enfants aussi, mais fils du siècle, nous avons pu quelquefois rompre avec la tradition de notre aïeul, mais toutes les fois que nous voulons remonter notre pensée et retrouver la confiance, nous allons demander force et patience à la tombe de cet homme de bien, et toujours nous sommes sortis de cette mystique entrevue avec cette mémoire sacrée, plus courageux au travail et plus rassurés sur l'avenir. Après ce que nos pères ont souffert pour la liberté, nous aurions mauvaise grâce à compter les pierres du chemin et à vouloir attendrir l'histoire sur nos blessures. Ils ont lutté : luttons; mais rappelons-nous qu'ils nous ont rendu la lutte si facile qu'elle est déjà la victoire.

ÉPILOGUE

Le baigneur désœuvré de Royan va faire, de temps à autre, un pélerinage à ce que Michelet a bien voulu appeler *un temple de l'humanité.*

Le temple de l'humanité est une maison de paysan bâtie au commencement du xviie siècle, en boue et en moëllon de la falaise ; elle a au couchant une façade sur la rue, dont elle n'est séparée que par une banquette surmontée d'un grillage entrelacé de chèvre-feuille et de clématites. Cette façade blanchie au lait de chaux disparaît, au printemps, sous une tenture de vignes vierges et de rosiers d'Ayrshire.

Au rez-de-chaussée, un corridor étroit traverse la maison dans toute sa largeur et la partage équitable-ment par moitié. A chaque bout une porte, éclairée par en haut, ouvre l'une sur le village, l'autre sur le jardin.

A main gauche, en entrant par la rue, il y a une chambre qui sert de cage à l'escalier ; les murs, bossués et voûtés sous le poids du temps, malgré leur respectable épaisseur, sont simplement crépis à la truelle et enjolivés d'une teinte saumon ; cette pièce, aujourd'hui disgraciée et ornée d'une cheminée du temps en pierre cannelée, était autrefois la chambre à coucher du pasteur Jarousseau. Elle était alors meublée de deux lits démesurés du pays, munis d'une paillasse en paille de maïs, d'un mètre de hauteur et recouverts d'un ciel à lambrequins en style rocaille. Au temps de leur splendeur primitive ils étaient garnis de rideaux et d'une courte-pointe piquée de véritable indienne à petits dessins lilas sur un fond bleu, qui représentaient des palmiers et des soleils ; plus tard on a cru devoir recouvrir cette vieillerie asiatique, d'une autre indienne historiée de figures qui racontent l'histoire de Phèdre et d'Hippolyte, en style classique de l'école de David.

Une salle à manger fait pendant à la chambre à coucher du pasteur. C'est une pièce récemment bâtie, la seule de la maison qui ait deux fenêtres. Sa décoration est une œuvre d'art et le testament d'un artiste de talent, un mort inconnu lui aussi ; comme le pasteur, il aura laissé des œuvres derrière lui et emporté son nom dans le tombeau. Il a peint à l'huile sur les murs un treillage rustique où grimpent et flottent en désordre des pampres, des convolvulus, des gourdes, des coloquintes, des grappes de raisin. Il a semé dans des encadrements de feuillages, des vues de Saint-Georges, et aux deux angles du fond une corbeille et une cruche remplie de bouquets de fuchsias et de choréopsis.

L'autre façade de la maison ouvre au levant sur le jardin. De ce côté les plantes grimpantes mieux exposées se sont livrées en vraies folles du soleil à toutes les fantaisies d'une imagination déréglée : les asclépiades, les montana, les chromatels, les akébies de Chine, les jasmins de la Virginie, escaladent la maison d'un seul jet et se promènent en tumulte sur les tuiles de la maison. C'est une bataille échevelée entre elles, c'est à qui arrivera la première au toit et prendra le plus vite sa part de lumière. On n'aperçoit plus maintenant une pierre de l'ancien presbytère de l'apôtre de Saintonge ; à peine çà et là, une trouée incorrecte représente la place d'une fenêtre ; la maison tout entière repose comme une tombe des tropiques sous une architecture frissonnante de verdure.

Chaque plante a son tour de floraison. L'akébie étale d'abord son manteau de velours violet, la montana déploie ensuite son voile de mariée, la glycine laisse après cela tomber de ses yeux bleus les larmes de la rosée dans la coupe enflammée des bignones, le chromatel aussitôt secoue orgueilleusement à la brise de mer sa rose géante couleur de safran, enfin l'asclépiade de Syrie projette de tous les côtés ses innombrables bouquets d'un rose pâle comme une annonce de l'automne, ce qui fait dire à l'habitant de Saint-Georges que la maison Jarousseau fleurit toute l'année.

A main droite en entrant par la porte du jardin, on trouve une chambre qui servait, au siècle dernier, de salle à manger ; elle est aujourd'hui meublée d'un lit massif du temps de Charles IX, en chêne sculpté ; le panneau d'en bas représente les quatre saisons en costume de l'époque, en collerette à fraise et en vertugadin tuyauté. Ce lit quelque peu aristocratique est évidemment un intrus dans la maison ; peut-être, par un de ces jeux du sort qui rapprochent les contraires, l'ombre de quelque dame de la cour de Catherine de Médicis flotte dans les plis des rideaux.

De l'autre côté du corridor, un salon fait vis à vis ; il remplissait encore, il y a quelques années, le modeste office de cuisine, mais, bien que monté en grade, il est laconiquement meublé ; un divan au fond, une table à pieds tors au milieu. Le seul luxe de cette pièce consiste dans une demi-douzaine de toiles de Baron, de Français, Nanteuil, Lapierre, Desjobert, Paul et Adolphe Gourlier. Une porte vitrée met le salon en communication avec une pièce appelée *l'atrium* par une réminiscence, assez inexacte d'ailleurs, de l'antiquité. C'est une sorte de hors-d'œuvre, un vestibule à la rigueur, ouvert dans toute sa largeur sur le jardin. On dirait une caverne plafonnée de poutres peintes en

14.

brun sur un fond bleu de ciel, à l'entrée de laquelle
les vignes vierges enchevêtrées aux rosiers de Bancks
et aux périplocas retombent en désordre et flottent en stalactites de verdure. C'est là que la famille
prend ses repas pendant la belle saison, sous les rayons
obliques du soleil blutés à travers les feuillages, en
compagnie d'une tribu aérienne d'hirondelles qui
nichent aux poutres du plafond et qui babillent encore plus que les convives.

L'étage au-dessus reproduit à peu de chose près
la distribution du rez-de-chaussée; un second corridor superposé au premier le coupe aussi de bout en
bout par la moitié; seulement, au levant, l'extrémité
du corridor fermée par une porte, forme un petit retiro
qui donne sur un balcon porté par deux piliers. Ici les
plantes grimpantes nouvellement plantées et piquées
d'émulation jaillissent du pied du balcon avec une
ardeur de néophytes et poussent la curiosité, pour ne
pas dire l'indiscrétion, jusqu'à regarder, par la croisée,
une table occupée par une machine à coudre qui trouble une partie de la journée, de son coup saccadé et sec,
la fauvette maternellement couchée sur sa couvée.

De chaque côté du corridor, à droite et à gauche du
balcon, il y a une chambre à coucher. Au fond de
l'une, dans une entaille du mur de refend, on pouvait
encore voir il y a quelque temps un vestige de la
cachette du pasteur Jarousseau. La cachette avait été

détruite après la révolution par le pasteur lui-même, pour ne laisser, disait-il, aucune trace de discorde, mais ce dernier souvenir d'un siècle de persécution a dû disparaître à son tour devant une nécessité d'aménagement.

Enfin, tout à fait à gauche en regardant le jardin, un escalier drapé de volubilis conduit à une galerie, légèrement en retour, au-dessus de l'entrée de l'atrium. On monte par cet escalier embaumé de jasmins, à un humble cabinet de travail plus humblement meublé encore : une armoire vitrée et au-dessus une étagère, une bibliothèque si l'on veut, puisqu'elle porte quatre rangées de volumes, une table de bois de pin, avec un pupitre massif de chêne, un encrier de plomb, si primitif qu'on n'en trouverait peut-être pas un second exemplaire dans la dernière cabane du Limousin, et cependant aucun joyau de la couronne ne saurait avoir plus de prix pour le propriétaire. Car cet encrier, c'est celui-là même que le pasteur Jarousseau portait avec lui au désert, c'est là qu'il puisait la goutte d'encre qui annonçait la naissance ou le mariage d'un être voué d'avance au martyre. A chaque bout de la table trône un fauteuil en tapisserie de Beauvais, encadré d'une guirlande de fleurs et de fruits. Chacun représente une fable de La Fontaine, tous deux viennent du château de Semussac; ils ont appartenu au maréchal de Senneterre.

De la galerie de ce cabinet on peut apercevoir, par-
dessus les acacias et les érables du jardin, la falaise
lumineuse teintée en rose de Sussac aux reflets du soleil
couchant ; sur le plateau de cette falaise, un grand
seigneur gallo-romain avait établi autrefois sa villa.
Chaque coup de pioche qu'on donne dans la terre, en
arrache un fragment de marbre ou de mosaïque. De
cette galerie la vue embrasse le cours de la Gironde si
large, si peu définie par la côte basse du Médoc qu'elle
semble continuer l'Océan...

La nuit vient de tomber ; il fait un clair de lune
doux et tendre avec un voile de gaze sur le ciel ; une
brise lasse n'apporte plus que par bouffée un bruit
vague, le dernier soupir sans doute d'une lame qui
meurt à voix basse, de peur de troubler le recueillement de la soirée. La mer au repos a quelque chose
de plus religieux que la mer en rumeur ; à voir sa face
immobile où toutes les étoiles plongent à la fois leurs
regards, on dirait que l'infini se regarde au miroir.

C'est l'heure de l'âme : le jour la disperse ou la dis-
trait. La nuit la recueille et la concentre ; on dirait
que dans cette possession, ou plutôt cette intensité
d'elle-même elle puise on ne sait quelle faculté mystérieuse qu'on pourrait appeler le don d'évocation. Il
est bon quelquefois de causer avec la mort et de lui
demander son avis.

Nous ne savons si nous nous faisons illusion, mais

quand l'illusion est une piété du cœur, elle mérite le
respect, il nous semble qu'à ce moment même toutes
les mémoires bénies qui ont habité ces pierres ne les
ont jamais tout à fait quittées; elles sont là présentes;
elles revivent en nous, nous vivons en elles, et si celui
qui tient la plume en ce moment avait acquis parfois
le droit à une bonne inspiration c'est dans leur atmosphère et en quelque sorte sous leur influence qu'il
voudrait écrire. En tout cas, quelle qu'ait été sa part
dans ce monde, heureuse ou triste, c'est de cette place
même qu'il lui a été donné de dater le meilleur instant de sa pensée.

Saint-Georges-de-Didonne, 8 octobre.

APPENDICE

I

Saint-Georges-de-Didonne, page 11.

Le village de Saint-Georges-de-Didonne adopta la religion réformée et lui resta fidèle. Il y avait là une population patriarcale de marins et de laboureurs; son petit port à peine marqué
sur la carte et à peu près ignoré était par cette raison le port de
délivrance que les protestants allaient chercher, du fond des
provinces voisines, pour gagner le *refuge*, c'est-à-dire l'étranger;
nous en avons la preuve dans une lettre d'un gentilhomme
nommé Du Tillier. Ce Du Tillier était un protestant réfugié en
Hollande qui espionnait ses coreligionnaires et dénonçait leurs
projets au comte d'Avaux.

Il y a des gens, lui écrivait-il, qui doivent partir de Jarnac en
Angoumois et des environs pour se trouver en un lieu nommé
Cozes, en Saintonge, à deux ou trois lieues de Royan, où ils
doivent se trouver en un trait à un bourg qui se nomme Saint-
Georges. Le vaisseau s'y trouvera. Il n'y a pas là de havre et
on voit très-peu de vaisseaux s'arrêter devant ce bourg. Aux
gens de Jarnac se joindront ceux de Cozes. Ils seront en tout
cinq cents personnes, avec peu de bagages; Masson, ministre de
Cozes, qui pousse cette entreprise, est ici.

II

Jean Jarousseau vint exercer, etc., page 31.

Le rôle dressé au synode national de 1763 désigne les pasteurs pour desservir les églises de la Saintonge, de l'Angoumois et du Bordelais; voici leurs noms : Henri Cavalier, Jean Martin, Pierre Dugas, Pierre Solier, Etienne Gibert, Jean Jarousseau. A ces noms il faut ajouter ceux de Dupuy, de Julien, de Dugas et de Pougnard dit Dézerit. Une lettre que nous avons reçue de M. Pougnard, notaire à la Tremblade, peu de temps après la publication de cet ouvrage, nous donnera une idée de la vie toujours sur le qui-vive et au pied levé d'un pasteur sous la croix, comme on disait alors.

Quelques recherches que je viens de faire précipitamment dans la liasse de l'état civil de ma famille m'ont procuré les renseignements suivants, que je vous adresse touchant la vie de mon grand-père, pasteur du désert de 1760 à 1784.

A cette époque et pendant toute cette période les pasteurs méritaient bien le titre de pasteurs du désert, ils menaient une vie nomade; traqués de toutes parts, ils erraient à l'aventure. Il y en a la preuve authentique dans les précautions prises : consécration, mariage, baptême au désert, changement de nom, adresses empruntées, dissimulation du titre dans les actes publics, tristes nécessités pour des hommes de cœur et de foi !

La tradition et une tradition sacrée pour moi, — elle me vient de mon père, le fils du pasteur du désert et pasteur lui-même, — la tradition me donne la certitude des faits suivants :

Jusqu'au moment de son départ pour la Suisse, mon père n'a pas connu le sien, bien qu'il le vît souvent, la blouse de roulier sur le dos et le fouet à la main, car ce n'était pour lui qu'un commissionnaire, ami de sa famille et tout dévoué.

La vie de mon grand-père n'était pas celle d'un fugitif qui passe d'une maison amie dans une autre maison, amie aussi.

Les amis d'un pasteur étaient suspects comme lui; leur hôtelle-
rie était dans les forêts. Le moment du passage d'un pasteur
était secrètement annoncé au troupeau, et de lieu en lieu des
tonneaux défoncés, placés dans les bois à des points indiqués,
étaient son refuge. Il y trouvait un matelas et du pain; il faisait dans le voisinage son service au désert et allait ainsi, d'é-
glise en église, prêcher l'évangile, porter des paroles de paix, et
des exhortations à l'obéissance au pouvoir temporel qui le faisait traquer.

La Tremblade, 13 août 1855.

III

Je regarderais le ciel et j'attendrais,... page 49.

La persécution avait exalté les femmes de l'Église sous la
croix ; du moment que l'apostolat était un danger, elles voulu-
rent en avoir leur part. Quand les pasteurs venaient à manquer,
elles tenaient des assemblées, elles prêchaient, elles catéchisaient,
elles fournissaient intrépidement un contingent de plus au
martyrologe du protestantisme. L'intendant Barillon condamna
Martine Pasdejeu à la détention perpétuelle dans un hôpital
de la Rochelle pour avoir prêté sa grange à une réunion de
cette nature.

Voici la lettre que M. de Maurepas écrivait le 21 août 1741
à l'intendant de l'Aunis :

J'ai lu avec attention la lettre de M. Leprince de Royan con-
cernant les assemblées religionnaires qui s'y tiennent. Quoi-
qu'elles paraissent n'être composées pour le plus grand nombre
que de femmes, il est très-convenable d'en arrêter le cours. Quelques brigades de maréchaussée intimideront assez pour empêcher des nouvelles assemblées en faisant arrêter et conduire à
l'hôpital de la Rochelle, quelques-unes des femmes qu'on saurait avoir fait fonction de ministres.

PELLETAN.   15

Et le 13 novembre suivant M. de Maurepas ajoutait :

L'évêque de Saintes me marque que les femmes qui ont
paru, il y a quelque temps, dans les assemblées religionnaires
dans les environs de Royan, et qui y faisaient les fonctions de
ministres et de prédicantes continuent toujours à y paraître et
y font la même impression. On ne crut pas devoir alors traiter
fort sérieusement ce nouveau spectacle. Cependant il convient
que vous vous fassiez informer si ces assemblées continuent et
si ces mêmes femmes qui y faisaient personnages continuent
toujours d'y paraître de la même manière. En ce cas vous
pourriez m'envoyer les noms de quelques-unes qu'on ferait enfermer comme insensées à l'hôpital de la Rochelle.

IV

Le livre de vie,... page 34.

Le protestantisme est surtout une religion d'intérieur, nous
oserions presque dire un culte à domicile. Partout où est la
Bible Dieu est présent, et il suffit de la lire en commun pour
accomplir en quelque sorte un service divin. Le foyer domestique devenait, à ce moment, un autre temple en abrégé. Le
protestantisme développa ainsi l'esprit de famille. Il n'y avait
pas, au XVIIe siècle, de si modeste ménage qui n'eût ses archives :
quelques-unes ont échappé au ravage des temps ou à l'indifférence des nouvelles générations ; or, de toutes ces chroniques
écrites au jour le jour, une des plus curieuses en même temps
que des plus touchantes est la chronique de Taret Chailleau.

Taret Chailleau était un matelot de la Seudre. Il est fier de sa
naissance : Ma famille est aussi vieille que l'île d'Arvert, dit-il ;
elle était remarquable par la hauteur de sa taille aussi bien que
la blancheur de son corps et de sa figure. Tous les Chailleau
étaient de père en fils mariniers ou pilotes. Il remarque avec

complaisance que, dans l'île d'Arvert, les matelots portaient
l'épée et le riban sur l'épaule. Sa chronique débute ainsi :

Au nom de Dieu soit mon commencement de généalogie à
moi Taret-Chailleau et de ce qui m'a été raconté par mes pères
et mères et mes devanciers des temps, qui ont passé année par
année.

En 1655, je suis né, moi Taret Chailleau, le 7 septembre et
baptisé au temple du bourg d'Alevert par M. Clémanceau ; mon
perrain était Taret Chaillaud, mon oncle, et ma méraine était
Marie Porcheron, sœur de ma mère.

L'an 1680. Cette année était en repos ; tout vivait ci-devant
en tranquillité quoique l'histoire dit qu'il y avait plus de
trente-six ans qu'on machinait cette grande entreprise de dé-
truire la religion protestante.

Et voici où commença : à tous protestants on interdit leur
charge de quelle condition que ce soit, arts, métiers et vocations.
On les dépouille et on revêt des imbéciles et chétifs catholiques
incapables des charges de la dépouille des protestants ; le clergé
fait donner de l'argent aux pauvres gens à se faire catholiques, si
bien que ceux qui ne peuvent vivre s'accommodent, prennent de
l'argent et se font catholiques ; d'autres à vider le royaume, vont
en Angleterre, en Hollande...

L'an 1681. Cette année la rage était en France contre les protestants. Partout on jetait bas les temples et au mois de mai
ou de juin on prit le temple de la Tremblade, pour servir d'é-
glise catholique, après y avoir fait bâtir un clocher. Après qu'on
eut pris le temple de la Tremblade, on s'empara du cimetière
et on en fit une place d'armes pour fouler les morts aux pieds
des chevaux.

Au mois de mai 1683 le temple du bourg d'Alevert fut jeté
bas, détruit jusqu'en ses fondements. Le prêtre, nommé M. de
la Farge, s'empare des matériaux et aussi des tombes du cimetière de nous pauvres protestants et en rebâtit et allonge l'église
catholique. O Dieu, que nous t'avons offensé de nous livrer ainsi
aux mains de ceux qui cherchent notre ruine !

En 1684. Cette année la persécution était grande en France et
augmentait d'année en année. On jetait bas les temples, celui de
Marennes fut rasé, les temples de la Jarrie et de la Rochelle
existaient encore, mais ils ne restèrent guère à être démolis,
grande misère alors parmi les protestants.

L'an 1685. Cette année fut la destruction de la religion en France. Tous les temples furent jetés bas par tout le royaume; les armées de dragons et de gens de guerre en campagne à faire tourner les protestants catholiques. On emprisonne; on donne congé aux plus gros de la cour et à tous les ministres de quitter le royaume et de s'en aller où ils voudront un temps limité, mais non pas à d'autres. On prend les places des temples et des cimetières et les pauvres protestants qui ne faisaient pas de cérémonies catholiques et qui mouraient, on les enterrait dans leur jardin, ou en quelque lieu de leur héritage en cachette.

Le 8 octobre, les dragons vinrent au bourg d'Alevert. Le 3 décembre, étant à peine arrivé, depuis quelques jours, on me força à me faire catholique. On me mena à l'église où le vicaire M. Garderat me fit mettre seulement la main sur le saint évangile, selon saint Jean, chapitre IX; puis mit mon nom, Taret Chailleau, et rien autre chose; voilà toutes les cérémonies qu'on fit.

En 1686. Cette année les protestants s'en allaient hors de France, se retirent en Angleterre, Hollande, partout où il y avait liberté. On faisait la recherche des livres, on mettait des maîtres d'école pour les petits enfants et maîtres aussi gagés pour les petites filles et il y avait des vaisseaux armés partout, pour empêcher les dits protestants de s'en aller, avec de rudes punitions. Mais cela n'ébranlait pas ceux qui étaient fondés en leur religion, car Dieu les soutient. *Cette même année vinrent des abbés pour faire des conférences.*

L'an 1700. Cette année, au commencement du mois de décembre, le prêtre de la paroisse du bourg d'Alevert ayant arrenté le cimetière et la place du temple, car le roi l'avait donné au couvent et le dit curé faisant fossoyer le dit cimetière pour en faire un pré, les femmes et filles protestantes, pauvres gens qui n'avaient rien à perdre s'en furent combler les fossés devant ceux qui les faisaient et se disputèrent devant le prêtre qui était un de Lafarge, et cela resta encore quelque temps. Mais le prêtre écrivit à M. de Gosse, gouverneur de la Rochelle, qui sur ses plaintes envoya pour la dite paroisse, seulement quatre cents soldats brigadiers et officiers à discrétion. Mon beau-père et moi, il nous en coûta 150 livres en 3 jours, et plus de 30,000 à la paroisse.

Cette année vinrent des abbés pour faire des conférences, dit Taret Chailleau. Quels étaient ces abbés ? il ne les nomme pas;

or, le premier de tous était l'abbé Fénelon. Voici la lettre qu'il écrivait de La Tremblade au marquis de Seignelay, ministre de la marine :

La Tremblade, 16 février 1686.

Je crois devoir me hâter de vous rendre compte de la mauvaise disposition où j'ai trouvé les peuples de ce lieu. Les lettres qu'on leur écrit de Hollande, leur assurent qu'on les y attend pour leur donner des établissements avantageux et qu'ils seront au moins sept ans en ce pays-là, sans payer aucun impôt. En même temps, quelques petits droits nouveaux qu'on a établis sur cette côte, coup sur coup, les ont fort aigris ; la plupart disent qu'ils s'en iront dès que le temps sera plus assuré pour la navigation. Je prends la liberté, monsieur, de vous répondre qu'il me semble que la garde des lieux où ils peuvent passer a besoin d'être augmentée. On assure que la rivière de Bourdeaux fait encore plus de mal que les passages de cette côte puisque tous ceux qui veulent s'enfuir vont passer par là sous prétexte de quelque procès. Il me semble aussi que l'autorité du roi ne doit se relâcher en rien, car notre arrivée en ce pays, jointe aux bruits de guerre qui viennent sans cesse de Hollande, font croire à ces peuples qu'on les craint et qu'on les ménage. Ils se persuadent qu'on verra bientôt quelque grande révolution et que le grand armement des Hollandais est destiné à venir les délivrer.

Mais en même temps que l'autorité doit être inflexible pour contenir ces esprits que la moindre mollesse rend insolents, je crois, monsieur, qu'il serait important de leur faire trouver en France quelque douceur de vie, qui leur ôtât la fantaisie d'en sortir. Il est à craindre qu'il en sortira un grand nombre dans les vaisseaux hollandais, qui commencent à venir pour la foire de mars à Bourdeaux ; on assure ici que les officiers nouveaux convertis font ici mollement leur devoir.

Pendant que nous employons la charité et la douceur des instructions, il est important, si je ne me trompe, que les gens qui ont l'autorité la soutiennent pour mieux faire sentir aux peuples le bonheur d'être instruit doucement.

Pourvu que nos bons commencements soient soutenus par des prédicateurs doux et qui joignent au talent d'instruire celui de s'attirer la confiance du peuple, ils seront bientôt véritablement

catholiques. Je ne vois, monsieur, que les pères jésuites qui
puissent faire cet ouvrage, car ils sont respectés pour leur
science et pour leur vertu. Il faudra seulement choisir parmi
eux, ceux qui sont les plus propres à se faire aimer. Nous en
avons un ici nommé le père Aimar qui travaille avec nous et qui
est un ouvrier admirable, je le dis sans exagération. Au reste,
monsieur, j'ai reçu une lettre du père Lachaise qui me donne
des avis honnêtes et fort obligeants sur ce qu'il faut dès le premier jour accoutumer les nouveaux convertis aux pratiques de
l'église pour l'invocation des saints et le culte des images. Je
lui avais écrit que dès ce commencement nous avons cru devoir différer de quelques jours l'*Ave Maria* dans nos sermons et
les autres invocations des saints dans les prières publiques que
nous faisons en chaire...

La Tremblade, 26 février 1686.

... Nous avons laissé Marennes aux jésuites qui commencent
à y grossir la communauté selon votre projet. Après plus de
deux mois sans relâche, nous avons cru devoir mettre en possession de ce lieu les ouvriers qui y seront fixés et passer dans
les autres de cette côte, dont les besoins ne sont pas moins pres-
sants. Les trois jésuites de Marennes n'y seront pas inutiles avec
ceux qui y viennent, les uns tempèreront les autres ; il en faut
même pour le temporel. Avant de les quitter j'ai tâché de faire
deux choses : l'une, de faire espérer aux peuples beaucoup de
douceur et de consolation de la part de ces bons pères dont j'ai
relevé fortement la vertu et le savoir ; l'autre, de persuader en
même temps à ces pères qu'ils doivent se rendre en toute occasion les intercesseurs et les conseils du peuple dans toutes les
affaires qu'ils ont auprès de gens revêtus de l'autorité du roi.
N'importe que les gens qui ont l'autorité leur refusent ce qu'il ne
sera pas à propos de leur accorder. Mais enfin ils doivent parler
le plus souvent qu'ils pourront, sans être indiscrets, pour attirer les grâces et pour adoucir les punitions : c'est le moyen de
les faire aimer et de leur faire gagner la confiance de tout le
pays ; c'est ce qui déracinera le plus l'hérésie, car il s'agit bien
moins du fond des controverses que de l'habitude dans laquelle
les peuples ont vieilli de suivre extérieurement un certain culte
et la confiance qu'ils avaient en leurs ministres. Il faut trans-
planter insensiblement cette habitude et cette confiance chez les
pasteurs catholiques ; par là, les esprits changeront presque

sans s'en apercevoir. Dans cette vue, j'ai pris soin que plusieurs petites grâces que nous obtenions pour les habitants de Marennes passassent extérieurement par le canal des Jésuites et j'ai fait valoir au peuple qu'il leur en avait l'obligation ; si ces bons pères cultivent cela, comme je l'espère, ils se rendront peu à peu maîtres des esprits.

Ces peuples sont dans une violente agitation ; ils sentent une force dans notre religion, et une faiblesse dans la leur qui les consterne. Mais l'engagement du parti, la mauvaise honte, l'habitude et les lettres de Hollande qui leur donnent des espérances horribles, tout cela les tient en suspens et comme hors d'eux-mêmes. Une instruction douce et la chute de leurs espérances folles et la douceur de vie qu'on leur donne chez eux, dans un temps où l'on gardera exactement les côtes, achèvera de les calmer, mais ils sont pauvres ; le commerce du sel, leur unique ressource, est presque anéanti. Si on ne les épargne beaucoup, la faim se joignant à la religion, ils échapperont, quelque garde qu'on fasse. Les blés que vous avez fait venir si à propos, monsieur, leur ont fait sentir la bonté du roi ; ils m'en ont paru touchés.

Nous sommes maintenant tous assemblés ici et de ce lieu nous irons instruire Arvert et tous les lieux voisins qui forment une peninsule. Nous trouverons partout les mêmes dispositions excepté que ce canton est encore plus dur que Marennes.

La Tremblade, 8 mars 1686.

... Le naturel dur et indocile de ces peuples demande une autorité vigoureuse et toujours vigilante. Il ne faut point leur faire du mal ; mais ils ont besoin de sentir une main toujours levée pour leur en faire, s'ils résistent.

Je n'ai pas manqué, monsieur, de lire publiquement ici et à Marennes ce que vous m'avez fait l'honneur de m'écrire des bontés que le roi aura pour les habitants de ce pays, s'ils s'en rendent dignes, et du zèle charitable avec lequel vous cherchez les moyens de les soulager. Les blés que vous leur avez fait venir à bon marché, leur montrent que c'est une charité effective et je ne doute pas que la continuation de ces sortes de grâces ne retiennent la plupart des gens de cette côte. C'est la controverse la plus persuasive pour eux ; la nôtre les étonne, car on leur fait voir clairement le contraire de ce que le ministre leur avait toujours enseigné comme incontestable, et avoué des catholiques mêmes.

Nous nous servons utilement ici du ministre qui y avait l'entière confiance des peuples, et qui s'est converti. Nous le menons à nos conférences publiques où nous lui faisons proposer ce qu'il disait autrefois contre l'Église catholique. Cela paraît si faible et si grossier par les réponses qu'on y fait, que le peuple est indigné contre lui. La première fois, plusieurs lui disaient se tenant derrière lui : Pourquoi, méchant, nous as-tu trompés? pourquoi nous disais-tu qu'il fallait mourir pour notre religion, toi qui nous as abandonnés, que ne défends-tu ce que tu nous a enseigné? Il a essuyé cette confusion et j'en espère beaucoup de fruit.

Fénelon ne nomme jamais les protestants par leur nom, il les appelle « ces peuples ». Il peut être intéressant de savoir ce que sa mission sur les bords de la Seudre coûta au trésor; en voici le reçu signé de sa main.

En présence des Conseillers du Roy, Notaires de Paris, soussignés , messire François de Salignac de la Mothe Fénelon, doyen de Carenac, prêtre, demeurant à Paris, rue du Petit Bourbon, paroisse de Saint-Sulpice, a confessé avoir eu et reçu comptant en louis d'or, argent et monnaye, de maître Louis de Lubert, conseiller du Roy, trésorier général de la Marine, la somme de trois mille livres, ordonnée être payée au dit sieur de Fénelon, pour subvenir aux dépenses qu'il est obligé de faire tant pour lui que pour les autres missionnaires envoyés à la Rochelle et lieux circonvoisins pour l'instruction des nouveaux convertis ; de laquelle somme de trois mille livres , le dit sieur de Fénelon se contente en quitte le dit sieur de Lubert, trésorier, et tous autres. Fait et passé à Paris en la maison du dit sieur de Fénelon devant désignée, l'an mil six cent quatre-vingt-sept, le quatorze avril.

V

Ce fut là que Gibert périt,... page 38.

Étienne Gibert qui figure sur la liste des pasteurs du désert en 1763, immédiatement avant Jean Jarousseau, était le frère de Louis Gibert. Ce dernier a été le restaurateur de la foi protestante en Saintonge. Condamné à mort par le présidial de la Rochelle et suivi pas à pas, il allait prêchant de porte en porte ; il vécut en quelque sorte par miracle, comme on peut en juger par le fait suivant raconté par son frère Étienne.

« Cette même année mon frère, qui desservait des églises de l'Aunis, de la Saintonge, de l'Angoumois, de l'Agenois et du Périgord, eut une sentence rendue contre lui par le présidial de la Rochelle. Cette sentence le condamnait à être pendu. La même sentence me condamnait aux galères pour cent et un ans. J'étais alors dans ma dix-neuvième année. Le clergé était très-animé contre mon frère, qui tenait des assemblées nombreuses, dans lesquelles il prêchait et administrait les sacrements, soit dans les bois, soit dans des lieux écartés, tantôt de nuit, tantôt de jour. L'on avait tenté toutes les voies qu'on avait pu imaginer pour le saisir, mais toujours en vain. On s'avisa enfin du stratagème suivant :

Un nommé de Sentier, qui se disait gentilhomme champenois, vint s'établir à Pons, ville de Saintonge. Il avait avec lui une femme enceinte qu'il disait être son épouse. On a dit ensuite que c'était une femme qu'il avait prise à l'hôpital.

Lorsque cette femme fut accouchée, ledit Sentier envoya un exprès à mon frère pour le prier de venir baptiser son enfant. Nous partîmes en conséquence des environs de Sainte-Foy pour aller sur la côte de Saintonge, et Pons était sur notre chemin. Nous étions accompagnés d'un gentilhomme nommé le chevalier de la Grace, et de deux autres messieurs nommés l'un Gentelot et l'autre Bonfils.

Nous arrivâmes à Pons à l'entrée de la nuit, sans être atten-

15.

dus, et nous fûmes descendre à une auberge où nous n'étions pas connus. Mon frère, avec MM. de la Grace et Gentelot, se rendirent ensuite chez de Sentier, qui sous divers prétextes fit retarder la cérémonie du baptême jusque bien avant dans la nuit.

Lorsqu'ils furent revenus à l'auberge, mon frère voulait que nous partissions immédiatement, parce que ses soupçons étaient éveillés par les délais affectés de Sentier et par la présence d'un troisième homme que mon frère avait vu chez lui et qu'il disait être son beau-frère; mais ces autres messieurs, particulièrement M. de la Grace, refusèrent absolument de partir avant le jour.

Nous partîmes le lendemain aussitôt que nous eûmes déjeuné. Lorsque nous fûmes à environ un mille et demi de la ville, nous vîmes venir après nous une brigade d'archers à cheval, avec leurs carabines. Mon frère dit alors à ceux qui étaient les premiers d'enfiler un chemin de traverse qui se trouvait devant nous, afin d'être sûrs que c'était à nous que les archers en voulaient. Étant entrés dans ce chemin et voyant que les archers nous suivaient et qu'ils étaient fort près de nous, nous nous mîmes à galoper et nous entendîmes aussitôt un cri : *Arrête-là !* et en même temps un coup de carabine, dont le chevalier fut tué sur place. Nous étions alors, le chevalier et moi, les deux derniers, côte à côte, dans un chemin étroit, mais le cheval que je montais était un navarreins qui allait très-vite, et j'eus bientôt devancé M. Bonfils et joint mon frère et M. Gentelot, qui étaient arrivés à un village voisin. Il paraît que les archers crurent avoir tué mon frère, parce que le cheval que le chevalier montait alors avait appartenu à mon frère, et qu'il ne le lui avait cédé que deux ou trois jours auparavant. Les archers, croyant tenir leur proie et ayant aussi à s'assurer de M. Bonfils, qui était tombé en leur puissance, cessèrent de nous poursuivre et nous échappâmes, savoir : mon frère, M. Gentelot et moi.

Le corps du chevalier fut porté à Saintes, où on amena aussi M. Bonfils, et on lui fit passer sa première nuit dans un cachot avec le cadavre du chevalier. Dans la suite il eut son procès fait, et on le bannit de France. Ce de Sentier était sans doute un zélé catholique romain. L'intrigue a été tenue bien secrète, ce qui semble annoncer qu'elle partait d'un lieu haut élevé.

Voilà le récit d'Etienne Gibert ; voici maintenant celui de

l'abbé Forlet, curé de Pons, à cette époque. M. Crottet a pu le recueillir sur place, et il le publia dans sa curieuse notice sur les églises de Pons et de Gemozac à la fin du siècle dernier.

Vers le mois de mai 1754, dit le curé, vint s'établir à Pons un homme avec sa femme, qui se nomma Syntier, et qui paraissait être de quelque considération. Il parut d'abord être un zélé protestant. Les protestants de Pons lui donnèrent toute leur confiance. Sa femme vint à accoucher au commencement de novembre. N'ayant point apporté son enfant à l'église, le curé soussigné alla avec le sieur Parossier, son vicaire, chez le sieur Syntier. Il ne s'y trouva point. La dame, qui commençait à se lever, se présenta et dit que son enfant était baptisé par ces messieurs. Le curé fit sa déclaration au greffe, et en conséquence le procureur fiscal envoya dire au sieur Syntier de porter son enfant à l'église.

Le lendemain, M. Syntier opposa au curé une lettre de M. l'évêque. Elle était du 18 novembre 1754, conçue en ces termes : *J'ai des raisons essentielles, monsieur, pour souhaiter qu'on ne presse pas le sieur Syntier, votre paroissien, de porter son enfant à l'église pour y recevoir le baptême. Je vous prie. donc de ne faire aucune démarche d'ici à trois semaines. Si l'enfant venait d'ici là en danger, j'ai des personnes de confiance qui y veillent et qui auront soin de faire anticiper le temps, pour éviter le scandale.*

Sur cette lettre, le curé resta tranquille. Peu de jours après, M. Syntier fit baptiser son enfant par un ministre. Il pria ce ministre à dîner pour le lendemain, mais les protestants commençaient à soupçonner M. Syntier. Ils lui voyaient faire de fréquents voyages à Saintes. Le ministre refusa de dîner chez lui. Dans la nuit, M. Syntier avait envoyé avertir des cavaliers de la maréchaussée de Saint-Genis par une espèce de soldat qu'on disait son beau-frère, et qui demeurait avec lui depuis environ deux mois.

Les cavaliers arrivèrent de grand matin à l'auberge du *Petit-Saint-Jean*, près de la croix de Saint-Vivien. Un instant après, le ministre passa à cheval, accompagné de trois personnes. Les cavaliers montèrent promptement à cheval et coururent après le ministre. Ils l'atteignirent au carrefour qui conduit à Chardon. Ceux qui accompagnaient le ministre se mirent en défense. Ils tirèrent sur les cavaliers, et ceux-ci en tuèrent un qui

était gentilhomme d'auprès Sainte-Foy : ils en prirent un autre, mais dès le commencement du combat le ministre se sauva
au galop et il ne fut pas possible de le prendre. Les cavaliers
chargèrent le mort sur son cheval et garrottèrent l'autre, qui
était diacre. Ils les passèrent par Coudenne et le champ de
foire, pour les conduire à Saintes. M. Syntier et son beau-frère
allèrent pour les reconnaître. Les cavaliers firent semblant de
les éloigner, mais les protestants ne prirent point le change.
Ils regardaient M. Syntier comme un espion, et ils lui auraient
fait un mauvais parti. Sur-le-champ M. Syntier se retira avec
son beau-frère, et ils ne parurent plus à Pons.

Quelques pages plus loin, M. Crottet donne, sur les témoi-
gnages de deux vieillards, un récit circonstancié du célèbre prêche que Louis Gibert tint à la lisière de la forêt de Valeret,
dans le Combe de la Bataille. Il y aurait quelques observations
à faire sur ce récit, car la tradition accueillie par l'historien de
l'église réformée de Mortagne n'est pas tout à fait conforme à la
tradition que nous avons pu recueillir nous-même dans notre
enfance. Voici la version de M. Crottet :

Les assemblées, dit-il, devinrent de plus en plus nombreuses.
Une des dernières et des plus remarquables de ces réunions
au désert eut lieu sous le ministère de Louis Gibert. Voici
quelques détails qu'Antoine Hilaire de Mechez et Geoffroy, du
village des Échaillez, vieillards presque centenaires, nous
ont donnés sur cette assemblée. Nous les avons entendu répé-
ter par d'autres personnes âgées.
Déjà un ou deux jours avant l'époque fixée pour l'assemblée,
on vit arriver plusieurs réformés des parties les plus éloignées
de la Saintonge. Les plus riches s'étaient transportés sur les
lieux dans de petites voitures, ou montés sur des chevaux ; les
autres avaient franchi de longues routes à pied. Gibert, l'intrépide Gibert, dont la tête était toujours à prix, et qui n'avait
échappé, il n'y avait que peu de jours encore, aux poursuites de
ses ennemis, qu'en se cachant sous du foin, dans la demeure
d'un ancien de la Salle, nommé Guillot, ne tarda pas à arriver
lui-même au milieu d'un nombreux troupeau. Pour éviter
toute surprise, il fut convenu que le service se tiendrait, selon
la coutume, de nuit, au milieu de la forêt de Valeret, dans un

endroit où celle-ci laissait un vaste espace vide, nommé encore par les habitants des environs, la *Combe de la Bataille*, en souvenir sans doute de quelque ancienne bataille avec les Anglais. Tout fut bientôt disposé pour la célébration du culte dans ce lieu. On apporta les diverses pièces qui composaient la chaire du désert ; celle-ci fut placée entre deux chênes. La sainte table de la communion fut dressée dans l'enceinte du consistoire. Sept flambeaux placés de loin en loin vinrent répandre une faible clarté sur une assemblée de sept à huit mille personnes groupées dans un pieux recueillement. Un moment après ces préparatifs, le pasteur, qu'escortaient quelques fidèles armés pour sa défense, monta en chaire revêtu du costume ecclésiastique. Les armes furent alors déposées. Sur l'invitation de Louis Gibert, l'assemblée entonna le psaume quatre-vingt-quatrième, dont les paroles étaient si bien appropriées à la circonstance. Mais ce chant solennel, qui retentit avec tant de force au milieu du silence de la nuit, donna l'éveil à quelques ennemis de l'Évangile, qui, soupçonnant quelque rassemblement, rôdaient aux alentours pour découvrir le lieu que les protestants avaient choisi pour leur assemblée. Ils précipitèrent leurs pas vers la *Combe de la Bataille*, ayant à leur tête Bernard, gouverneur du prince Camille de Pons. Gibert ne se laissa point déconcerter par leur présence. Il prit de suite une résolution énergique. Il ordonna du haut de la chaire qu'on s'emparât d'eux, qu'on les désarmât et qu'on les plaçât dans le consistoire, afin qu'ils pussent se convaincre par eux-mêmes que leurs assemblées n'avaient pour unique but que le service de Dieu. Le culte continua alors sans interruption. Un nombre considérable d'enfants apportés des localités les plus éloignées reçurent le baptême. Les jeunes gens des deux sexes qui avaient été instruits des vérités évangéliques par les anciens, furent admis au nombre des membres de l'Eglise persécutée, et plusieurs mariages furent bénis. Gibert, dans un discours plein de foi et de vie, toucha les cœurs de ses nombreux auditeurs, et ce fut en répandant des larmes de reconnaissance, que ces derniers prirent part au sacrement de la Cène. L'assemblée avait duré près de cinq heures. Ceux qui y avaient assisté prirent alors le chemin de leurs demeures en bénissant le Seigneur des saintes joies qu'il venait de leur accorder, mais tous n'eurent pas le bonheur de rentrer sans accident dans leurs demeures. Quelques-uns d'entre eux eurent à subir les persécutions des ennemis de l'Évangile, et surtout de la part du seigneur de Se-

mussac et de monsieur l'Abbé, capitaine des dragons de la côte.
Ce dernier gentilhomme de Talmont tua de sa propre main une
dame de la Jaille. La veuve Larente qui l'accompagnait eût
sans doute partagé le même sort, si l'épée de ce fanatique ne
se fût brisée contre son corset. Cette circonstance lui sauva la
vie.

La forêt de Valeret a pendant quelque temps appartenu à ma
famille. Ma mère l'avait achetée à la princesse de la Trémouille
un peu en souvenir du pasteur Gibert. Souvent, par une belle
soirée de printemps, elle nous conduisait dans un pré situé au
bord de la route de Touvent, au fond d'un étroit ravin entre la
lande et la forêt, et nous montrant le frais tapis de verdure couvert de pâquerettes, elle nous disait : Cette terre a été arrosée du
sang du Juste. C'est là que périt le ministre Gibert. La troupe,
à la fin du prône, chargea l'assemblée. Votre grand-père assistait
le saint martyr en qualité de proposant. Il courut cette nuit-là
le plus grand danger. Depuis ce jour, ce pré porte le nom de
Combe de la Bataille.

FIN.

TABLE DES MATIÈRES

Coulommiers — Typogr. A. PONSOT et P. BRODARD.